时习文库

人间词话

王国维 著
滕咸惠 整理

齊魯書社
·济南·

图书在版编目（CIP）数据

人间词话 / 王国维著；滕咸惠整理. -- 济南：齐鲁书社，2025. 5. -- ISBN 978-7-5333-5152-6

Ⅰ. I207.23

中国国家版本馆CIP数据核字第20259ED849号

出 品 人：王　路
项目统筹：张　丽
责任编辑：孔　帅
装帧设计：亓旭欣

人间词话
RENJIAN CIHUA
王国维　著　滕咸惠　整理

主管单位　山东出版传媒股份有限公司
出版发行　齐鲁书社
社　　址　济南市市中区舜耕路517号
邮　　编　250003
网　　址　www.qlss.cn
电子邮箱　qilupress@126.com
营销中心　（0531）82098521　82098519　82098517
印　　刷　山东临沂新华印刷物流集团有限责任公司
开　　本　710mm × 1000mm　1/16
印　　张　14.75
插　　页　2
字　　数　128千
版　　次　2025年5月第1版
印　　次　2025年5月第1次印刷
标准书号　ISBN 978-7-5333-5152-6
定　　价　59.00元

《时习文库》
出版委员会

出版说明

文化乃国本所系，国运所依；文化兴盛则国家昌盛，民族强大。在源远流长的中华文化长河中，经典古籍宛如熠熠星辰，承载着先辈们的智慧、思想与情感，是中华民族精神内核的深厚积淀。

2017 年以来，中共中央办公厅、国务院办公厅相继出台《关于实施中华优秀传统文化传承发展工程的意见》及《关于推进新时代古籍工作的意见》等重要文件，有力推动了大众对中华优秀传统文化的关注与重视，古籍事业亦借此良好契机，迎来了前所未有的跨越发展，步入了一个崭新的黄金时代。齐鲁书社作为文化传承的重要阵地，始终秉持对中华优秀传统文化的敬畏之心，肩负守正创新之使命，积建社四十余年之精华，汇国内学界群贤之伟力，隆重推出中华经典名著普及丛书——《时习文库》。

“学而时习之，不亦说乎？”文库之名，正是源自《论语》的这句经典语录。“时习”不仅是对知识的反复学习与实践，更是一种对中华优秀传统文化持续探索、深入理解的态度。文库共分为文化类和文学类两大辑，囊括了经史子集、诗词歌赋、戏曲小说等诸多经典，旨在为读者搭建一座通往中国古代文化瑰宝的坚实桥梁。文库的编纂宗旨在于，引导读者在阅读经典著作的过程中，将学习与思考深度融合，不断从古人的智慧海洋中汲取营养，从而得到心灵的润泽与智慧的启迪。通过对经史子集、诗词歌赋、戏曲小说等多元内容的系统整理与精良审校，让中华古籍真正成为可亲、可读、可传的“活的文化”。

为了确保文库的品质，我们除升级广受好评的原有经典版本作为开发基础外，亦精选其他优质底本，以确保版本选择的卓越性；文库会聚文史学界权威，如高亨、陆侃如、王仲荦、来新夏等学界大家，群贤毕至，各方咸集；文库延聘名家成立专家委员会，严格把控丛书质量，确保学术水准；文库针对不同层次读者，精心设计文化类与文学类品种：前者左原文右译文下注释，后者文中加简注评析，实用性强；文库采用纸面布脊精装，正文小四号字，双色印刷，装帧精美，版面舒朗，典雅大方，方便易读。

在习近平文化思想指导下，《时习文库》的出版是对中华优秀传统文化“两创”“两个结合”的一次重要尝试。我们希望通过这套文库，让更多的人了解和喜爱中国古代典籍，让中华优秀传统文化在新时代焕发出新的生机与活力。同时，我们也期待广大读者在阅读文库的过程中，能够与古圣先贤进行跨越时空的对话，汲取智慧，启迪心灵，不断提升自我的文化素养和精神境界。让我们一起在经典的海洋中遨游，感受中华文化的博大精深，共同书写中华优秀传统文化传承与发展的新篇章。

齐鲁书社

2025 年 3 月

序

周振甫

咸惠同志把他的《人间词话新注》（以下简称“《新注》”）的清样寄给我，要我说几句话。咸惠同志说：“《人间词话》原稿顺序与《国粹学报》发表的王氏手定本完全不同，文字亦有出入”，“并多出十三条”，“前此尚未公开发表”，“从原稿中比较容易看清王氏的思路，从而更准确地理解王氏的文艺思想”。他的注也和以前的注不同：以前的注只是引出王氏文中提到的诗词原文，他的注根据王氏的论点，征引叔本华的说法来说明王氏论点的来历，再引各家的说法来作参证，对研究《人间词话》有帮助。《人间词话》的王氏原稿由赵万里先生保藏，外间很少有人见到。1963—1964 年，咸惠同志就读于中国人民大学文艺理论研究班时，从赵先生处借读原稿，加以整理和注释，完成了本书的初稿。现在，这本书交由齐鲁书社出版，这是值得高兴的事。

这部《新注》既注出了王氏论点的根据，又引各家说法来作参证，有利于进一步探讨王氏的词论。这里试用“境界”说作例，结合《新注》来作些探索，可以看到《新注》对这种探索是有帮助的。

王氏提出“境界”说，说：“有造境，有写境”，“有有我之境，有无我之境”。“造境”就是“有我之境”，“写境”就是“无我之境”。他的举例，以“泪眼问花花不语，乱红飞过秋千去”为造境，为有我之境；以“采菊东篱下，悠然见南山”为写境，为无我之境。这样说，容易使人迷惑。“乱红飞过秋千去”，是诗人所见，是写境，何以说是造境？“悠然见南山”，这个“悠然”是诗人的感觉，是有我，何以说是无我？倘说诗句不能这样割裂来看，乱红飞过同泪眼问花结合，所以是造境，是有我。那么，即使把“悠然见南山”同“采菊东篱下”结合，这个“采”和“见”里也有我在。要是说这里没有作者所表达的感情，那么，“悠然”不正是诗人的感情吗？再说，诗句既不能割裂，诗人所以要说“见南山”，正由于“山气日夕佳，飞鸟相与还”。这山气又有什么好呢？好在“鸟倦飞而知还”，正表达了他弃官归隐的心情，正是感情的自然流露，正是造境，正是有我，为什么说是写境，是无我呢？这时来看《新注》。《新注》引王氏说：“出于观我者，意余于境。而出于观物者，境多于意。然非物无以见我，而观我之时又自有我在。故二者常互相错综，能有所偏重，而不能有所偏废也。”经过这样一注，上面的疑问就解决了。所谓造境和有我，即观我，是意余于境，“泪眼问花”是我问，“乱红飞过秋千去”，是我认为“乱”的，反映我的心情，是以抒情为主。“悠然见南山”，即出于观物者，境多于意。然非物无以见我，在“悠然”里正是观物中所见的我。原来所谓造境中还有写境，无我中还有我，所谓造境和有我之境，只是说偏重于抒情，在有我之境中还是有物；所谓写境和无我之境，只是说偏重于写景，在无我之境中还是有我在，只是感情不像有我之境的强烈而已。

王国维深受叔本华美学思想的影响。那么，有我之境和无我之境的说法与叔本华美学思想有什么关系呢？《新注》指出叔本华认为“抛开个人利害关系，抛开主观成分，纯粹客观地观察事物，并且全神贯注在事物上……以前在意志之路上追求而往往失诸交臂的宁静心情立刻不促而至，那就对我们好极了”。叔本华追求的是扼杀“生的意志”的绝对宁静，他认为生的意志永远得不到满足，造成永久的苦痛，要追求排除这种痛苦的绝对宁静。王氏的无我之境是受叔本华的影响。但他把叔本华追求的唯心的绝对宁静说运用到词论里作了修改，使它中国化了，使它成了中国的词论，他引“悠然见南山”就是例证。“悠然见南山”，不是扼杀“生的意志”的绝对宁静，是充满生的意志的悠然自得，不是以人生为永远得不到满足的永久的痛苦，是以归田园居而保持淳朴生活的愉悦。无我之境实际上是排除了叔本华的悲观思想，吸取他抛开主观较客观地观察事物的合理成分，确立了新的文艺论。

“境界”说同中国传统的情景说又有什么差异呢？《新注》里提出了传统的情景说来作比较。《文心雕龙·物色》里说：“情以物迁，辞以情发。”提出情和物，认为情受到物的影响。“写气图貌，既随物以宛转，属采附声，亦与心而徘徊。故‘灼灼’状桃花之鲜，‘依依’尽杨柳之貌，‘杲杲’为出日之容，‘瀌瀌’拟雨雪之状，‘喈喈’逐黄鸟之声，‘喓喓’学草虫之韵。‘皎日’‘嘒星’，一言穷理；‘参差’‘沃若’，两字穷形：并以少总多，情貌无遗矣。”诗人怎样描写情景呢？就写气说，即描写天气，像用“杲杲”来写日出，用“瀌瀌”来写下雪。就图貌说，即描写景物，像用“灼灼”来描写桃花的红艳，用“依依”来描写杨柳的姿态。就附声说，即描写声音，像用“喈喈”来描写黄鸟的鸣声，用“喓喓”来描写草虫的叫声。这些描写，既是跟着景物的不同来曲折表达的，也是跟着心情的变化来抒写的，换言之，它是情景交融的。像在“灼灼”里，不光写了桃花的红艳，也反映了诗人的情绪；在“依依”里，不光写了杨柳的柔弱，也反映了诗人依依不舍的感情。因此，这里主要是讲情景交融，所以说“情貌无遗”。它没有把抒情和写景分开来说，同造境和写境分开来说的不同。

梅尧臣说：“状难写之景，如在目前；含不尽之意，见于言外。”景指景物，意指情意，即写景和抒情分开说。姜夔说：“意中有景，景中有意。”即情景既可分别，又互相关联。王夫之说：“情景虽有在心在物之分，而景生情，情生景，哀乐之触，荣悴之迎，互藏其宅。”这里把情景和心物联系起来，指出情景和哀乐荣悴的关系，比前人讲得更深刻了。但即使是王夫之的诗论，也还没有达到《人间词话》的高度。王氏“境界”说提出造境、写境，类似前人讲的状景、含意，情生景，景生情，尤其是情生景具有造境的意思。但王氏提出有我之境和无我之境，强调一以情胜，一以景胜，强调前者“物皆著我之色彩”，后者“不知何者为我，何者为物”；实际是指情感的色彩比较淡；指出前者“于由动之静时得之”，后者“于静中得之”。这样讲，就超过王夫之。还有，王夫之看到情景和心物以及哀乐的关系，没有触及自然中的景物和作品中的景物的不同。王氏“境界”说指出：“自然中之物，互相关系，互相限制。然其写之于文学及美术中也，必遗其关系限制之处。故虽写实家，亦理想家也。”反过来，理想的材料“必求之于自然，而其构造，亦必从自然之法则。故虽理想家，亦写实家也”。从造境写境联系到理想和写实，联系到自然中之物和文学中之物，指出文学美术中所写的有其不同于自然之处，指出理想和写实的关系。这样的“境界”说，就远远超过前人的情景说了。刘勰只谈到情景交融，王夫之谈到了情和景，谈到了情景和心物、哀乐、荣悴。王氏的“境界”说则突破前人，提出了新的命题。他吸收了叔本华的合理成分，但又不同于叔本华，还是成为中国的文艺论。这是王氏的“境界”说，在谈情景论上确有其超越前人的地方。

以上，只是就《新注》中的注释结合“境界”说来谈谈。就是这样，也可看到这个《新注》提供的材料，对我们研究王氏《人间词话》确实是有帮助的。这点粗浅看法，是否得当，还请咸惠同志以及专家和读者指正。

1981 年 9 月

以上是本书初版时我所写的几句话。现在，咸惠同志对正文重加订正、注文修改补充，对论文也进行了加工，力求立论更加准确。这样，这次出版的修订本比初版又有所提高了。这是很可喜的。

1983 年 5 月

前言

王国维是中国近代重要的史学家、美学和文艺理论家。他的《人间词话》是一部重要的美学和文艺理论著作。

一

王国维（1877—1927），字静安，又字伯隅，号观堂，浙江海宁人。他出生于中小地主兼商人家庭。1892 年，王国维考中秀才。1898 年到上海，任《时务报》书记（文书）、校对，并在罗振玉主办的东文学社学习。1901 年，在罗振玉资助下前往日本留学，但在东京仅四五个月就因病归国。此后在通州（南通）师范学校和江苏（苏州）师范学堂任教。1907 年，由罗振玉推荐，王国维到北京任学部（教育部）总务司行走，后改充学部图书局编译、名词馆协修。1911 年武昌起义后，王国维跟随罗振玉流亡日本，寓居京都。1916 年春，王国维回到上海，应英籍犹太富商哈同之聘，编辑《学术丛编》，后又兼任哈同创办的仓圣明智大学经学教授。1922 年初，应邀任北京大学研究所国学门通讯导师。1923 年，由于蒙古贵族升允推荐，逊帝溥仪征召王国维为南书房行走。他于同年 5 月底到北京就职，成了溥仪的文学侍从。1925 年，王国维应聘任清华学校国学研究院导师。1927 年 6 月 2 日（农历五月三日），自沉于颐和园昆明湖，终年五十岁。其著作结集为《海宁王静安先生遗书》（近年重版时易名《王国维遗书》）。

王国维幼年所接受的教育是传统的封建文化教育。青年时代，在当时进步思想潮流影响下，王国维赞成维新变法，向西方国家寻求真理，努力学习西方哲学、社会科学和自然科学。他以新学家的面目出现于思想界，介绍叔本华和康德的哲学思想和美学思想，尖锐地批评中国封建社会中占统治地位的传统文学观念。他把西方美学和文艺思想与中国古代美学和文艺思想融合起来，把西方哲学、社会科学的逻辑思辨方法与乾嘉学派的考据方法结合起来，进行美学和文艺理论以及中国古代戏曲艺术史研究。《人间词话》是他主要的美学和文艺理论著作（写于 1908 年）。他的《宋元戏曲考》是我国第一部古代戏曲艺术史专著（写于 1912 年）。戊戌变法失败后，王国维看不到前途和出路，政治上渐趋保守，辛亥革命后更以前清遗老自居。他转而进行甲骨、金石、经学、史学研究。由于他继承了清代乾嘉学派的优良学风并将之和近代科学方法结合起来，实事求是，精湛绵密，因而取得了辉煌成就。王国维成为蜚声中外的著名学者。可是，长期思想上的苦闷，生活上的困顿，以及长子去世、挚友绝交的刺激，再加上他对北伐战争胜利的恐惧，终于导致昆明湖上的悲剧。他的才华和卓识并没有得到充分的施展，令人惋惜。

二

在中国文学史上，宋代是词的黄金时代，然而词学理论却大盛于清代。清代词论，分宗立派，名家辈出。在清代大量的词论中，

《人间词话》以其见解之新颖、理论之独到，一直受到学术界的重视。概括地说，《人间词话》主要有以下四个特点。

第一，以“境界”说为中心构成了一个比较完整的理论体系。“境界”说包括境界的基本含义、创造过程、形态种类和艺术表现诸方面。王国维说：“能写真景物、真感情者，谓之有境界，否则谓之无境界。”真景物与真感情应该融为一体，做到“以景寓情”“意与境浑”“意境两忘，物我一体”。既写真景物又抒真感情，把逼真传神的写景和诚挚真切的抒情有机地统一起来，这就是境界的基本含义。王国维说：“原夫文学之所以有意境者，以其能观也。”境界产生于诗人审美静观的过程中。“一切境界无不为诗人设。世无诗人，即无此种境界。”诗人的审美感情移情于审美对象，诗人的心境融入、浸透于物境之中，于是境界产生出来了。它似电光石火，稍纵即逝。只有具有敏锐艺术感觉的诗人才能捕捉住它，并且运用“不朽之文字”把它刻画出来，从而激起读者心灵的共鸣，“遂觉诗人之言，字字为我心中所欲言，而又非我之所能自言”[《清真先生遗事（节录）》]。按照境界构成材料的不同，王国维把境界区分为“造境”和“写境”两种不同的形态。“造境”即虚构之境，“写境”即写实之境。然而，“大诗人所造之境，必合乎自然”，“其材料必求之于自然，而其构造亦必从自然之法则”，仍然深深地植根于自然人生的土壤之中。大诗人“所写之境，亦必邻于理想”，因为“自然中之物，互相关系，互相限制。然其写之于文学及美术中也，必遗其关系限制之处”。也就是说，写实之境也不能照搬照抄自然人生，仍然要用诗人的审美理想来补充和改造自然人生。所以，境界既描写现实，又表现理想，是理想和现实的统一。造境和写境取材虽有所侧重，但不能只取一端。这种观点从总体上说是相当精辟的。但是，王国维把理想理解为先验的理念。按照境界构成方式的不同，王国维把境界区分为“有我之境”和“无我之境”两种不同的形态。“有我之境”，诗人作为感情激越的审美主体征服客体，从对象中反射自己，所以“物皆著我之色彩”。“无我之境”，诗人作为宁静淡泊的审美主体被客体所吸引，以至达到忘我的地步，主体似乎消失于客体之中，所以“不知何者为我、何者为物”。“无我”是从物我两忘、浑然一体的意义上说的。“有我之境”，强烈激越之情占主导地位，但情已外化为景。“无我之境”，赏心悦目之景占主导地位，但景后隐藏着情。两者都是情与景的统一，然而统一的方式不同。关于境界的艺术表现，王国维提出了“不隔”的要求。“语语都在目前，便是不隔。”“大家之作，其言情也必沁人心脾，其写景也必豁人耳目。其辞脱口而出，无矫揉妆束之态。”诗人抒发的真情感人肺腑，使人心潮激荡不能自已，诗人描绘的景物清晰地浮现于眼前，使人恍如身临其境，文辞仿佛是顺口而道、信手挥洒，并非刻意求工、雕章琢句。“不隔”就是要做到言情真切、写景鲜明和文辞自然的统一。“境界”说表现出王国维对艺术的本质特征相当深刻的理解和把握，也是对中国美学和文艺理论的继承和发展。

“境界”说是《人间词话》的核心。与“境界”说密切相关，王国维还提出了诗人修养论和文学发展观。他认为伟大的诗人必然有高尚的人格，人格卑下者不可能创作出伟大的文学作品。文学作品既要有“内美”，又要有“修能”。“内美”即诗人的精神品质的美在作品中的体现，“修能”指艺术修养、文学技巧之类。王国维强调“内美”的重要性，认为文学创作“尤重内美”。关于诗人与自然人生的关系，王国维认为，诗人既要“入乎其内”，又要“出乎其外”：“入乎其内，故能写之；出乎其外，故能观之。入乎其内，故有生气；出乎其外，故有高致。”这就是说，诗人既要体察生活的局部，又要综观生活的整体，既要生气蓬勃，又要思致高远。而要做到这一点，就必须坚韧不拔，百折不挠，进行长期的、刻苦的修养和探求。他说："古今之成大事业、大学问者，必经过三种之境界：'昨夜西风凋碧树。独上高楼，望尽天涯路。'此第一境也。'衣带渐宽终不悔，为伊消得人憔悴。'此第二境也。'众里寻他千百度。回头蓦见，那人正在，灯火阑珊处。'此第三境也。"这段话蕴含着深邃的哲理。

王国维的文学发展观侧重研究文学体裁的发展和演变。他认为每一种文学体裁都有一个发生、发展、成熟、衰亡的过程。就一种文学体裁而言，后代作家的成就往往低于成熟期的前代作家，但整个文学创作是不断发展、不断提高的。新体裁的产生开拓了一片文学新天地。因此，从总体上看，不能说今不如古。一种文学体裁在社会上长期流传，往往陈陈相因，形成僵化的程式规范，不能表达真情实感，不能新颖独创，因而必然走向衰亡。要使文学创作保持旺盛的生命活力，就不但要善于继承（"因"），更要敢于独创（"创"）。在《宋元戏曲考》中，王国维进一步发展了他的文学发展观。他提出了"凡一代有一代之文学"，也就是说，每个时期都有一种代表了当时最高成就的文学体裁，光照千秋，后世不可企及。楚辞、汉赋、六朝骈文、唐诗、宋词和元曲就是这种"一代之文学"。他高度评价元杂剧，认为元杂剧具有历史文献、认识社会、审美观赏等多方面的价值。

第二，既继承了中国古代美学和文艺理论的优良传统，又吸收了西方美学和文艺理论的某些观点，熔中西思想于一炉。源远流长的中国古代美学和文艺理论是王国维理论思维灵感的源泉。《人间词话》的理论体系植根于中国古代美学和文艺理论的深厚土壤之中。境界或意境是中国古代美学和文艺理论的一个重要范畴。情景交融是中国古代美学和文艺理论家对于境界或意境的最基本的理解和规定。这正是《人间词话》“境界”说整个理论的出发点。王国维进而广泛吸取了严羽以“兴趣”、王士禛以“神韵”把握诗歌审美特征的合理的理论内核，以及主张表现真情实感，反对虚情假意，追求形神兼备，反对只求形似，推重自然本色，反对人工雕琢，注重人品修养，反对格调低下，提倡发展独创，反对因袭模仿等有价值的传统美学和文学理想。王国维是从诗词（抒情艺术）理论的角度对于中国古代美学和文艺理论的总结，尽管还是不充分、不完备的，但他的理论视野是开阔的。《人间词话》的理论实际上已经大大超越了一般的诗词理论。

“境界”说的思想材料还来自西方美学和文艺理论。王国维系统学习过西方哲学和美学史，精心研究过叔本华和康德的美学思想。因此，他也吸取了西方美学和文艺理论的某些观点。他直接引用了尼采《苏鲁支语录》(也译作《查拉图斯特拉如是说》)和叔本华《作为意志和表象的世界》(也译作《世界是意志和表象》)中的话。这在晚清词话中是绝无仅有的。当然，王国维《人间词话》中所采取的西方美学和文艺思想观点不限于此。比较明显的是，关于“造境”和“写境”的理论受到席勒《论素朴的诗和感伤的诗》的启发；关于“有我之境”和“无我之境”的理论，受到叔本华《作为意志和表象的世界》的抒情诗理论的启发。当然，王国维并不是简单地照搬照抄，而是经过消化吸收，并努力使之与中国美学和文艺思想融合为一。尽管《人间词话》仍然采用了“词话”这种传统的中国文论著述文体，却潜在着一个粗具规模的理论体系。这显然受到西方哲学社会科学逻辑思辨方法的影响，因而在理论思维方式上，已经具有新的成分。中西美学和文艺理论的交汇与融合是中国近代美学和文艺理论的特点。然而，在当时真正能把二者结合起来并且构成了一个比较完整的理论体系的，首推王国维。尽管这种结合还是低层次的，甚至还有明显的理论裂痕。王国维的美学和文艺思想具有承前启后、继往开来的作用和意义。朱光潜、宗白华等美学家就是沿着王国维开辟的道路前进，并且攀上了新的高峰。

第三，不被传统的词学理论所束缚，敢于创新，自成一家。清代词学理论凡三变：清初浙西词派崛起并居于统治地位，中期常州词派取而代之，晚清词论家虽未彻底突破常州藩篱，却又有所发展。王国维对于浙西词派推尊南宋（尤其是姜夔）深表不满，对于常州词派词论的合理成分加以吸收，而对其解词微言大义、牵强附会则给予尖锐的批评，并且一反推尊南宋姜夔、吴文英等人的晚清词坛风尚。他标举境界，探本溯源，力图揭示艺术创作的精义妙谛。他博采东西，高屋建瓴，畅述己见，自成体系，确实高出于仍然在传统词学的范围内辛勤探求的晚清词论家一筹。

第四，能够运用朴素的辩证方法进行论证，增加了理论深度。《人间词话》主要是围绕抒情与写景，理想与现实，有我与无我，诗品与人品，“入”（“入乎其内”）与“出”（“出乎其外”），“因”（继承）与“创”（创新）的对立统一建构其整个理论体系。王国维从对立双方的互相联系、互相制约、互相影响、互相渗透来进行分析和论证，因而能深入把握本质。这是一种朴素的辩证思维方法，但有时采用了康德式的二律背反的形式。

本书共分三部分：卷上《人间词话》王国维手定稿、卷下《人间词话》删稿和附录。“卷上《人间词话》王国维手定稿”是发表于《国粹学报》的《人间词话》64 条。原文据王幼安校订本（《蕙风词话 · 人间词话》，人民文学出版社 1960 年出版）。原文后附有注释、译文和评点：注释主要注解较难理解的字或词；译文将原文译为现代语体文；评点除对原文注释进行适当补充外，阐释原文主要理论观点并加以引申发挥。“卷下《人间词话》删稿”是王国维《人间词话》手稿中除去发表于《国粹学报》者的全部剩余部分，共62条。原文据滕咸惠校注本《人间词话新注（修订本）》，齐鲁书社1986年版），每条均附译文。因为各条所涉及的理论观点在“《人间词话》王国维手定稿”的评点中大体上已经进行了阐释，所以没有再加评点。“附录”是与《人间词话》有关的王国维的零散论述以及笔者的《略论王国维的美学和文学思想》一文，可供理解和研究《人间词话》参考。

滕咸惠

2024年4月改定

目　录

CONTENTS

001 **序／周振甫**

001 **前　言**

001 **卷　上**

001 《人间词话》王国维手定稿

107 **卷　下**

107 《人间词话》删稿

156 **附　录**

156 人间词甲稿序

158 人间词乙稿序

160 清真先生遗事（节录）

163 《唐五代二十一家词辑》跋

165 《词辨》批语

167 论词语辑录

169 人间词话选

175 略论王国维的美学和文学思想

206 **1986 年版后记**

212 **新版后记**

卷上

《人间词话》王国维手定稿

一

【原 文】

词以境界[1]为最上。有境界则自成高格，自有名句。五代北宋之词所以独绝者在此。

【译 文】

词把境界作为最高要求。有境界自然形成高格，自然会有名句。五代北宋词之所以绝妙无比，正在于此。

注 释

❶境界：即意境，简称境。它是中国美学和文艺理论的重要范畴。

评 点

中国古代诗歌以抒情诗为主体，非常重视意境或境界的创造。词也属于抒情诗。王国维把创造意境作为词的最高要求，既符合中国古代诗歌创作的实际，也是对中国美学和文艺理论意境说的继承和发展。回顾词史，他认为五代北宋词是善于创造意境的典范。

中国美学和文艺理论把情景交融作为意境或境界的基本要求。梅尧臣说："状难写之景，如在目前；含不尽之意，见于言外。"（欧阳修《六一诗话》引）范晞文说："景无情不发，情无景不生。"（《对床夜语》）谢榛说："景乃诗之媒，情乃诗之胚，合而为诗。"（《四溟诗话》）朱承爵明确提出"意境融彻"（《存余堂诗话》）。而情景交融的意境，又必然能引发欣赏者产生"象外之象""景外之景"（司空图《与极浦书》）和"韵外之致""味外之旨"（司空图《与李生论诗书》）的联想和想象。王国维继承了中国美学和文艺理论传统，并运用现代理论语言加以阐释。他说："文学中有二原质焉：曰景，曰情。前者以描写自然及人生之事实为主，后者则吾人对此种事实之精神的态度也。故前者客观的，后者主观的也。……苟无锐敏之知识与深邃之感情者，不足与于文学之事。”（《文学小言》）“文学之事，其内足以摅己而外足以感人者，意与境二者而已。上焉者意与境浑，其次或以境胜，或以意胜。苟缺其一，不足以言文学。”（《人间词乙稿序》）“意与境浑”和“情景交融”的意思是相同的。

宗白华说：“在一个艺术表现里情和景交融互渗，因而发掘出最深的情，一层比一层更深的情，同时也透入了最深的景，一层比一层更晶莹的景；景中全是情，情具象而为景，因而涌现了一个独特的宇宙，崭新的意象，为人类增加了丰富的想象，替世界开辟了新境……这是我的所谓‘意境’。”（《美学散步·中国艺术意境之诞生》）这是对于情景交融创造意境的动态的深入的阐释。

朱光潜说：“诗的境界是情景的契合。宇宙中事事物物常在变动生展中，无绝对相同的情趣，亦无绝对相同的景象。情景相生，所以诗的境界是由创造来的，生生不息的。”“每首诗都自成一种境界。无论是作者或是读者，在心领神会一首好诗时，都必有一幅画境或是一幕戏景，很新鲜生动地突现于眼前，使他神魂为之勾摄，若惊若喜，霎时无暇旁顾，仿佛这小天地有独立自足之乐，此外偌大乾坤宇宙，以及个人生活中一切憎爱悲喜，都像在这霎时间烟消云散去了。”“诗的境界在刹那中见终古，在微尘中显大千，在有限中寓无限。”“从前诗话家常拈出一两个字来称呼诗的这种独立自足的小天地。严沧浪所说的‘兴趣’，王渔洋所说的‘神韵’，袁简斋所说的‘性灵’，都只能得其片面。王静安标举‘境界’二字，似较概括。”（《诗论》）这是运用文艺心理学方法对意境创造和欣赏的深刻阐释。王国维《人间词话》（本卷第九条）在引用了《沧浪诗话》“盛唐诸公，惟在兴趣”一段话后说：“然沧浪所谓‘兴趣’，阮亭所谓‘神韵’，犹不过道其面目，不若鄙人拈出‘境界’二字，为探其本也。”朱光潜对此也表示赞同（请参见本卷第九条评点）。“境界”或“意境”论在中国美学和文艺思想中占有重要地位，具有鲜明的民族特色。

二

【原 文】

有造境，有写境[1]，此理想与写实二派之所由分。然二者颇难分别。因大诗人所造之境，必合乎自然，所写之境，亦必邻于理想故也。

【译 文】

有造境，有写境，这就是理想和写实两派分别之所在。然而这两种境界很难加以区别。这是因为大诗人所虚构的境界，一定合乎自然，所描写的境界，也一定邻近理想的缘故。

注 释

❶造境、写境：造境就是虚构之境，写境就是写实之境。理想派诗人创造虚构之境，写实派诗人描绘写实之境。所谓理想派诗人，就是浪漫主义诗人；所谓写实派诗人，就是现实主义诗人。

评 点

浪漫主义和现实主义都是西方文学艺术史上的重要创作思潮或创作方法。在欧洲，浪漫主义（Romanticism）是对18世纪古典主义的朴素、客观和平静的一种自觉反抗，表现于诗歌、绘画和音乐各种艺术形式之中。注意个性，富于激情，特别是注重主观性和自我表现，是浪漫主义的基本特点。现实主义（Realism），在文艺方面指绘画、小说、戏剧和电影等艺术形式对当代生活和问题的准确而详尽的描绘。19世纪中叶，现实主义在法国被作为一种美学原则而提出。巴尔扎克和福楼拜等作家是文学上的现实主义的倡导者。他们主张科学地、不带先入为主的偏见地对当代生活进行观察，并主张在描述所观察到的东西时尽量做到直截了当、不偏不倚。

美学和文学理论家对现实主义和浪漫主义创作思潮或创作方法进行了理论概括和总结。席勒认为，诗歌分为“素朴诗”（古典诗，也就是现实主义的诗）和“感伤诗”（近代诗，也就是带有浪漫主义色彩的诗）两种类型。“诗人或者就是自然，或者追寻自然，二者必居其一。前者使他成为素朴的诗人，后者使他成为感伤的诗人。”前者就是尽可能完满地对现实的模仿，后者把现实提升到理想，或则说，表现理想。进一步，席勒认为二者是可以统一起来的。他说：“但是还有一种更高的概念可以统摄这两种方式。如果说这个更高的概念与人道观念叠合为一，那是不足为奇的。”（《论素朴的诗与感伤的诗》）可见，席勒把直接反映现实作为“素朴诗”（现实主义）的基本特征，把表现理想作为“感伤诗”（浪漫主义）的基本特征，并认为二者可以融合和统一。高尔基认为，浪漫主义和现实主义是两种最基本的文学潮流或创作方法。他说：“在文学上，主要的‘潮流’或流派共有两个：这就是浪漫主义和现实主义。”并认为“在伟大的艺术家们身上，现实主义和浪漫主义好像永远是结合在一起的”（《论文学・谈谈我怎样学习写作》）。

王国维关于“造境”和“写境”的论述，深受西方美学与文学理论的影响。他把诗人区分为“理想”和“写实”两派，并认为二者“颇难分别”，明显地汲取了席勒的美学思想。王国维把境界区分为“造境”和“写境”两种类型，使传统的意境理论更为丰富并且具有了现代形态。通过这种区分，王国维阐述了他对诗歌（文学）与自然人生关系的理解。在他看来，任何境界都既反映现实（“合乎自然”），又表现理想（“邻于理想”），是现实与理想的统一。只是因为有所侧重，才有了“造境”和“写境”的不同。这是从诗歌与自然人生的关系，也就是从境界的构成材料的角度对境界进行研究和分类。

三

【原 文】

有有我之境，有无我之境。“泪眼问花花不语，乱红飞过秋千去。”“可堪孤馆闭春寒，杜鹃声里斜阳暮。”有我之境也。“采菊东篱下，悠然见南山。”“寒波澹澹起，白鸟悠悠下。”无我之境也。有我之境，以我观物，故物皆著我之色彩[1]；无我之境，以物观物，故不知何者为我、何者为物。古人为词，写有我之境者为多，然未始不能写无我之境，此在豪杰之士能自树立耳。

【译 文】

有有我之境，有无我之境。“泪眼问花花不语，乱红飞过秋千去。”“可堪孤馆闭春寒，杜鹃声里斜阳暮。”这就是有我之境。“采菊东篱下，悠然见南山。”“寒波澹澹起，白鸟悠悠下。”这就是无我之境。有我之境，以我观物，所以外物都染上了我的感情色彩；无我之境，以物观物，所以分不清什么是我、什么是物。古人作词，写有我之境的是多数，然而未尝不能写无我之境，这全在于杰出的词人敢于独树一帜。

注 释

❶著我之色彩：染上我的感情色彩。著，音 zhuó。

评 点

有我之境是表现了强烈激动感情的境界。所举例句，“泪眼问花”两句出自冯延巳《蝶恋花》（庭院深深深几许），“可堪孤馆”两句出自秦观《踏莎行》（雾失楼台）。无我之境也就是忘我之境，是表现宁静淡泊感情的境界。所举例句，“采菊东篱下”两句出自陶潜《饮酒二十首（之五）》，“寒波澹澹起”两句出自元好问《颍亭留别》，“以我观物”“以物观物”出自邵雍《皇极经世》：“圣人之所以能一万物之情者，谓其圣人之能反观也。所以谓之反观者，不以我观物也。不以我观物者，以物观物之谓也。既能以物观物，又安有我于其间哉。”“以物观物，性也；以我观物，情也。性公而明，情偏而暗。”邵雍所谓“以我观物”，是指带着个人的主观情感观照外物，因而产生偏颇和片面。所谓“以物观物”，是排除主观情感，以性观物，以理观物，从而达到物我两忘、天人合一之境。王国维对这种看法加以汲取和改造，用来说明“有我之境”“无我之境”这两种境界中诗人观照外物的不同情感状态。

王国维关于“有我之境”“无我之境”的论述，也吸收了叔本华美学思想关于抒情诗的某些看法。叔本华说：“表现出人的理念，这是诗人的职责。不过他有两种方式来尽他的职责。一种方式是被描写的人同时也就是进行描写的人。……赋诗者只是生动地观察、描写他自己的情况。”“在歌咏诗和抒情状态中……主观的心境，意志的感受，把自己的色彩反映在直观看到的环境上。”“再一种方式是待描写的完全不同于进行描写的人……进行描写的人是或多或少地隐藏在被写出的东西之后的，最后则完全看不见了。”（《作为意志和表象的世界》，石冲白译）这些看法也融汇到王国维的论述之中。

总之，“以我观物”是诗人带着强烈激动的感情观照外物，所描写的景物都浸染着诗人浓重的感情色彩。这就是“有我之境”。“以物观物”是诗人带着宁静淡泊的感情观照外物，被景物所吸引，主体似乎消融于对象之中，达到物我两忘、物我合一之境。这就是“无我之境”。可见，不论是“有我之境”还是“无我之境”，都是心与物的契合、情与景的融汇。但是，二者也有不同特点：前者统一于情，情外化为景（这是浸染了强烈激越之情的景）；后者统一于景，景隐藏着情（这是蕴含于赏心悦目之景的情）。“有我之境”和“无我之境”是以诗人观照外物的不同情感状态区分境界的不同构成方式，从而对境界进行分类。

四

【原 文】

无我之境，人惟于静中得之。有我之境，于由动之静时得之。故一优美，一宏壮也。

【译 文】

无我之境，诗人只有在感情平静的时候才能得到。有我之境，在从激动转向平静的时候得到。所以，一种境界优美，一种境界宏壮。

评 点

王国维介绍和接受了西方美学，尤其是康德和叔本华美学关于美以及优美和宏壮（崇高）的基本思想。王国维说：“美之为物，不关于吾人之利害者也。吾人观美时，亦不知有一己之利害。德意志之大哲人汗德（康德），以美之快乐为不关利害之快乐（Disinterested Pleasure）。”（《孔子之美育主义》）这就是说，美不涉及利害计较，因而不涉及欲望和概念。关于优美和宏壮，王国维说：“美学上之区别美也，大率分为两种：曰优美，曰宏壮。……前者由一对象之形式，不关于吾人之利害，遂使吾人忘利害之念，而以精神之全力沉浸于此对象之形式中，自然及艺术中普通之美，皆此类也；后者则由一对象之形式，越乎吾人知力所能驭之范围，或其形式大不利于吾人，而又觉其非人力所能抗，于是吾人保存自己之本能，遂超越乎利害之观念外，而达观其对象之形式，如自然中之高山大川、烈风雷雨，艺术中伟大之宫室、悲惨之雕刻像，历史画、戏曲、小说等皆是也。”（《古雅之在美学上之位置》）可见，优美在审美经验上产生较为纯粹的愉悦，崇高在审美经验上在于使主体受到震撼，带有庄严感或恐惧感，主体从痛苦或压抑中挣脱出来，才产生坚信主体威力的审美愉悦。

王国维把这种美学观点应用于对“有我之境”“无我之境”的分析。他认为，“无我之境，人惟于静中得之”，诗人始终保持宁静淡泊的心态进行审美静观，所以属于“优美”。“有我之境，于由动之静时得之”，诗人开始时带着强烈激动的感情（这种感情往往是痛苦的、压抑的），进而从痛苦和压抑中解脱出来，转而进行审美静观，所以属于“宏壮”。王国维关于“无我之境”属于“优美”的阐释，与西方美学关于“优美”的界定大体一致。但他关于“有我之境”属于“宏壮”的阐释，则与西方美学关于“宏壮”的界定相去甚远。仅仅用“由动之静”说明“宏壮”的产生，舍弃了庄严感、恐惧感以及对主体威力的坚信，大大弱化了西方美学所推崇的“宏壮”。王国维所举“泪眼问花花不语，乱红飞过秋千去”“可堪孤馆闭春寒，杜鹃声里斜阳暮”，在西方美学家看来，根本算不上“宏壮”（崇高）。也许，他们还会感到相当“优美”。上条王国维对“有我之境”“无我之境”的分析，符合中国古代诗词的创作实际，但这一条说二者一属“宏壮”一属“优美”，则有“削”中国古代诗词之“足”，“适”西方美学之“履”的嫌疑。

在上一条中，王国维认为多数诗人只能创造“有我之境”，只有杰出的诗人才能创造“无我之境”。这一条又说，“有我之境”属于“宏壮”，“无我之境”属于“优美”。显然，他推崇“优美”。这与西方美学存在巨大的差异，因为西方美学家更推崇“宏壮”（崇高）。他们认为崇高不但存在于自然，更存在于人世，尤其是人的精神和道德领域。康德说：“有两种事物，我们越思索它就越感到敬畏，那是天上的星空和心中的道德律。”这明显表现出中西美学思想价值取向的不同。

在中国美学中，可以与“宏壮”（崇高）和“优美”相对应或平行的两个范畴是“阳刚美”和“阴柔美”，尽管其内涵存在巨大的差异。“阳刚美”和“阴柔美”用形象化的语言加以描述，则是“骏马、秋风、塞北”和“杏花、春雨、江南”。从总体上看，中国美学和文学艺术创作更偏重于阴柔美。王国维推崇“无我之境”，正表现出这种审美心理特点。

五

【原 文】

自然中之物，互相关系，互相限制。然其写之于文学及美术[1]中也，必遗其关系、限制之处。故虽写实家，亦理想家也。又虽如何虚构之境，其材料必求之于自然，而其构造亦必从自然之法则。故虽理想家，亦写实家也。

【译 文】

自然人生中的事物，既互相联系，又互相制约。然而，把它们描写于文学作品和艺术作品之中，必然要遗弃它们原有的联系和制约状态。所以，虽然是写实家，也是理想家。另一方面，不管什么样的虚构的境界，它的材料必然出于自然人生，而它的组织结构也必须遵循自然人生的法则。所以，虽然是理想家，也是写实家。

注释

❶美术：此处指艺术作品。

评点

这一条承接第二条，继续申说为什么境界的创造必然既“合乎自然”又“邻于理想”。王国维认为，写实之境对自然人生的描写，并不是照搬照抄，因而仍然包含着诗人的审美理想；虚构之境也并非杜撰臆造，仍然深深植根于自然人生之中，因而从总体上仍然合乎自然人生。可见，一切境界都是描写现实和表现理想的统一。

王国维是近代把浪漫主义（“理想家”）和现实主义（“写实家”）这两个重要

的西方文学理论概念输入中国学术界的早期理论家之一。但是，我们也应该看到，他的理论阐释仍然有着叔本华美学思想的痕迹。王国维所说的“理想”，指先验的审美理想。《人间词话》手稿中，在“自然中之物，互相关系，互相限制”之后，原有“故不能有完全之美”八个字。连同这八个字通读这一条，我们能发现其和叔本华的看法十分相近。叔本华反对艺术模仿自然的观点，他说：“如果艺术家不是在经验之前就预期着美，要他从哪里去识别在自然中已成功了的，为我们要去摹仿的事物呢？……大自然又曾经创造过所有一切部位都十全十美的人吗？”“纯粹从后验和只是从经验出发，根本不可能认识美，美的认识总是，至少部分地是先验的。”“这种理念从先验方面来补充大自然后验地提供出来的东西，从而对于艺术具有实践的意义时，理念也就是理想的典型。”（《作为意志和表象的世界》）这是强调了理念，也就是先验的审美理想对于艺术创造的重要性。另一方面，叔本华并不完全否认后验或经验对艺术创作的重要性。他甚至说：“只有真正的杰作，那是从自然，从生活中直接汲取来的，才能和自然本身一样永垂不朽，而常保有其原始的感动力。”（《作为意志和表象的世界》）

王国维汲取了叔本华的上述见解，运用于“造境”和“写境”、“理想家”和“写实家”关系的分析中，但他更强调境界创造必须植根于自然人生的重要性（“其材料必求之于自然，而其构造亦必从自然之法则”），似乎已经走向了叔本华美学思想的反面。但是，另一方面，他似乎仍然接受了叔本华关于用先验的审美理想来补充生活中不完全的美的思想。这就造成了“必遗其关系、限制之处”这种说法的含糊性。因为这话既可理解为不对自然人生进行机械的模仿和照搬（如上文所述），也可理解为摆脱、遗弃现实人生的复杂关系，以先验的审美理想补充自然人生中不完全的美。总之，王国维关于境界是写实和虚构的统一、理想和现实的统一的理论，从总体上看是正确的，而且是相当深刻的，但在阐释中包括某些含混不清之处。

《人间词话》的“境界”说首先提出“造境”和“写境”的理论，实际上是研究诗歌（文学）与自然人生的关系。其基本结论是：诗歌必须既“合乎自然”又“邻于理想”，是描写现实与表现理想的统一。从这方面看，这一理论观点已经超越了诗歌理论而具有一般文学原理的品格。

六

【原 文】

境非独谓景物也。喜怒哀乐，亦人心中之一境界。故能写真景物、真感情者，谓之有境界，否则谓之无境界。

【译 文】

境界并不仅仅指景物描写。喜怒哀乐，也是人们心中的一种境界。所以，能写真景物、真感情的诗歌，才叫作有境界，否则就叫作没有境界。

评 点

王国维认为，能够描写真景物、抒写真感情的诗歌才能创造出境界。所谓写“真景物”，是说写景妙造自然、体物得神，而非刻板描摹、只求形似。所谓写“真感情”，是说感情发自肺腑、诚挚深切，而非虚情假意、无病呻吟。当然，“真景物”和“真感情”不应分成两截，优秀的诗词应该“寓情于景”“意与境浑”“意境两忘，物我一体”。可见，既写真景物又抒真感情，把逼真传神的写景和诚挚深切的抒情统一融合起来，就是境界的基本含义或基本要求。这是对中国美学和文艺理论意境论的继承和发展。王国维强调“真”，崇“真”黜“伪”是王国维美学和文艺思想的鲜明特色。在“真景物”和“真感情”的统一中，核心是“真感情”，因为“感情真者，其观物亦真”（《文学小言》）。

七

【原 文】

“红杏枝头春意闹”，著一“闹”字，而境界全出。“云破月来花弄影”，著一“弄”字，而境界全出矣。

【译 文】

“红杏枝头春意闹”，用上一个“闹”字，境界就形象生动地描绘出来了。“云破月来花弄影”，用上一个“弄”字，境界就形象生动地描绘出来了。

评 点

这一条举例说明选用新颖独特的字眼能够创造出鲜明生动、韵味悠长的境界。所举两例句分别出于宋代词人宋祁和张先的词，是两位词人的得意之作、神来之笔。当时，甚至以“红杏枝头春意闹尚书”和“云破月来花弄影郎中”作为他们的雅号。这两首词的全文是：

玉楼春·春景

宋 祁

东城渐觉春光好。縠皱波纹迎客棹。绿杨烟外晓寒轻，红杏枝头春意闹。

浮生长恨欢娱少。肯爱千金轻一笑。为君持酒劝斜阳，且向花间留晚照。

天仙子

时为嘉禾小倅，以病眠，不赴府会。

张 先

水调数声持酒听，午醉醒来愁未醒。送春春去几时回？临晚镜，伤流景，往事后期空记省。

沙上并禽池上瞑，云破月来花弄影。重重帘幕密遮灯。风不定，人初静，明日落红应满径。

“红杏枝头春意闹”之所以“著一‘闹’字，而境界全出”，是因为这个“闹”字既逼真地刻画出杏花怒放的蓬勃生机，又满含着诗人喜迎春色的欢愉之情。“云破月来花弄影”之所以“著一‘弄’字，而境界全出”，是因为这个“弄”字既细致地描绘出淡云拂月、花枝摇曳的美好夜色，也隐隐透露出诗人对春色将阑的惋惜之情。诗人把“红杏”和“花”都拟人化了。它们好像有灵性、有情感，从而唤起读者丰富而美好的联想和想象。

中国古代诗论家认为诗中应有警策（警句）和诗眼。“立片言而居要，乃一篇之警策。”（陆机《文赋》）“诗句以一字为工，自然颖异不凡。如灵丹一粒，点铁成金也。”（《诗人玉屑》）“唐人五言，工在一字，谓之句眼。”“诗要炼字，字者眼也。”（仇兆鳌《杜少陵集详注》引赵汸语、杨仲弘语）李白诗“吴姬压酒唤客尝”，“压”字表现出新酒初熟、江南风物之美。杜甫诗“轻燕受风斜”，“受”字描绘体态轻盈的春燕迎风低飞、乍前乍后的姿态栩栩如生。两句均为警句，两字均为诗眼。王安石《泊船瓜洲》：

京口瓜洲一水间，钟山只隔数重山。
春风又绿江南岸，明月何时照我还？

“春风又绿江南岸”中“绿”字，原作“到”，改为“过”，又改为“入”，再改为“满”，凡十几个字，最后才定为“绿”。这就是炼字以得诗眼。“春风又绿江南岸”成为千古传诵的名句。古代诗论家关于警句和诗眼的见解，王国维也吸收融汇在“境界”说之中。

钱锺书在分析“红杏枝头春意闹”时说：“‘闹’字是把事物无声的姿态说成好像有声音的波动，仿佛在视觉里获得了听觉的感受。”“用心理学或语言学的术语来说，这是‘通感’（Synaesthesia）或‘感觉挪移’的例子。”“在日常经验里，视觉、听觉、触觉、嗅觉、味觉往往可以彼此打通或交通，眼、耳、鼻、舌、身各个官能的领域可以不分界限。颜色似乎会有温度，声音似乎会有形象，冷暖似乎会有重量，气味似乎会有体质。”“诗人对事物往往突破了一般经验的感受，有深细的体会，因此推敲出新奇的词句。”（《钱锺书论学文选·通感》）这种运用现代心理学和语言学的通感理论所作出的诠释，别开生面，深刻揭示了某些警句和诗眼为什么给人以新颖独特之感的原因。

八

【原 文】

境界有大小，不以是而分优劣。“细雨鱼儿出，微风燕子斜。”何遽[①]不若“落日照大旗，马鸣风萧萧”。“宝帘闲挂小银钩”，何遽不若“雾失楼台，月迷津渡”也。

【译 文】

境界有的壮阔有的小巧，然而不以此区分高低优劣。“细雨鱼儿出，微风燕子斜。”怎么就不如“落日照大旗，马鸣风萧萧”？“宝帘闲挂小银钩”，怎么就不如“雾失楼台，月迷津渡”呢？

注释

❶何遽：怎么。

评点

这里所举例句，“细雨鱼儿出”两句出于杜甫《水槛遣心二首（之一）》，“落日照大旗”两句出于杜甫《后出塞五首（之二）》，“宝帘闲挂小银钩”出于秦观《浣溪沙》（漠漠轻寒上小楼），“雾失楼台”两句出于秦观《踏莎行》（雾失楼台）。

王国维虽然认为不能以境界的壮阔、小巧而分优劣，但他似乎更欣赏壮阔的境界。他赞赏李白词《忆秦娥》的“西风残照，汉家陵阙”（参见本卷第十条），赞赏“明月照积雪”“大江流日夜”等诗句“此种境界，可谓千古壮观”，赞赏纳兰性德词《长相思》的“夜深千帐灯”，《如梦令》的“万帐穹庐人醉，星影摇摇欲坠”与上述诗句境界相近（参见本卷第五十一条）。一个理论家的理论主张和他的欣赏趣味，有时并不一定完全一致。

九

【原文】

严沧浪[1]《诗话》谓：“盛唐诸公[2]，惟在兴趣。羚羊挂角，无迹可求。故其妙处，透澈[3]玲珑，不可凑泊。如空中之音、相中之色、水中之影[4]、镜中之象，言有尽而意无穷。”余谓：北宋

【译文】

严羽《沧浪诗话》说：“盛唐诗人，只追求兴趣。羚羊挂角，无迹可求。所以他们作品的妙处在于透彻玲珑，不可拼凑而成。就像空中的声音、相中的色彩、水中的月影、镜中的映像，言有尽而意无穷。”我认为，北宋以前的词也是如

以前之词，亦复如是。然沧浪所谓“兴趣”，阮亭[5]所谓“神韵”，犹不过道其面目，不若鄙人拈出“境界”二字，为探其本也。

此。然而，严羽所说的“兴趣”，王士禛所说的“神韵”，只不过说明了现象，不如我提出的“境界”两字，才探求到根本。

注释

❶严沧浪：即严羽，字仪卿、丹丘，号沧浪逋客，南宋文学评论家。后人裒其论诗著作为《沧浪诗话》。

❷公：一作“人”。

❸澈：一作“彻”。

❹影：一作“月”。

❺阮亭：即王士禛（1634—1711），字子真，一字贻上，号阮亭、渔洋山人，山东新城（今山东桓台）人。清初诗人、文学家、诗词理论家。

评点

严羽在《沧浪诗话》中提出了以“妙悟”“别材”“别趣”（“兴趣”）为中心的诗歌理论。他认为诗人应该具备特殊的才能，诗歌应该具有特殊的情趣韵味。以汉魏盛唐诗人为师，才能领悟诗歌创作的三昧，创作出情趣盎然的诗歌。他所说的“兴趣”，指诗歌的情趣韵味。他认为盛唐诗是有兴趣的诗歌的典范。“羚羊挂角，无迹可求”，是说羚羊夜间把角悬挂于树枝间，与树枝浑然一体，无痕迹可寻求。这里用来比喻盛唐诗浑然天成，没有人工雕琢的痕迹。“透澈玲珑，不可凑泊”，是用珠玉的晶莹光洁、玲珑剔透形容盛唐诗的空灵活脱，含蓄隽永。“相中之色”的“相”，指一切事物外现的形象状态。这是佛学的语言。“空中之音、相中之色、水中之影、镜中之象”比喻诗歌意味深长，“言有尽而意无穷”。王士禛提出“神韵”说，倡导诗歌含蓄蕴藉，空灵悠远，推崇冲淡、清远、超逸的艺术风格。这是对司空图和严羽诗歌理论的继承和发展。严羽的“兴趣”说和王士禛的“神韵”说，都包含着对诗歌审美特征比较深刻的理解。

王国维认为，“兴趣”说和“神韵”说只是对诗歌审美特征的描述，仍然停留在现象的层面（这种评价显然偏低），而他所提出的“境界”说才探求到诗歌审美特征和诗歌创作的根本。他说：“言气质，言格律，言神韵，不如言境界。有境界，本也。气质、格律、神韵，末也。有境界而三者随之矣。”（卷下第十六条）其实，“境界”说已经吸收融会了“兴趣”说和“神韵”说。

十

【原 文】

太白[1]纯以气象胜。“西风残照，汉家陵阙。”寥寥八字，遂关千古登临之口。后世惟范文正[2]之《渔家傲》，夏英公[3]之《喜迁莺》差足继武，然气象已不逮矣。

【译 文】

李白纯粹以气象取胜。“西风残照，汉家陵阙。”只是寥寥八个字，就使万古千秋登高望远的诗人无法再开口吟咏。后代只有范仲淹的《渔家傲》和夏竦的《喜迁莺》，尚能继其词风，然而气象已经不那么雄浑了。

注 释

❶太白：即李白（701—762），字太白，号青莲居士。唐代诗人。被后人誉为“诗仙”。与杜甫齐名，世称“李杜”。

❷范文正：即范仲淹（989—1052），字希文，苏州吴县（今江苏苏州）人。谥号文正，故称范文正。北宋政治家、文学家。

❸夏英公：即夏竦（985—1051），字子乔，别称夏英公、夏郑公、夏文庄、宰相夏公等，江州德安（今属江西）人。北宋政治家、军事家、词人、

文学家、文字学家等。

评点

这一条共论及三首词，现转录于下：

忆秦娥

李　白

箫声咽，秦娥梦断秦楼月。秦楼月。年年柳色，灞陵伤别。

乐游原上清秋节，咸阳古道音尘绝。音尘绝。西风残照，汉家陵阙。

渔家傲·秋思

范仲淹

塞下秋来风景异，衡阳雁去无留意。四面边声连角起。千嶂里，长烟落日孤城闭。

浊酒一杯家万里，燕然未勒归无计。羌管悠悠霜满地。人不寐，将军白发征夫泪。

喜迁莺

夏　竦

霞散绮，月垂钩。帘卷未央楼。夜凉银汉截天流，宫阙锁清秋。

瑶台曙，金盘露。凤髓香和烟雾。三千珠翠拥宸游，水殿按凉州。

气象，指作品通过气势和意象所呈现出的整体风貌。李白的这首词和另一首《菩萨蛮》，被称为“百代词曲之祖”（黄升《花庵词选》）。王国维认为，李白这首词的特点是气象雄浑。所谓“纯以气象胜”，意思是完全以气象雄浑取胜。在他看来，这首登高望远之作乃千古绝唱，其雄浑壮阔的气象，后代词人难以企及。

王国维认为范词和夏词都不及李词。这种看法，似可商酌。夏词是一首应制词，以铺叙的手法写清秋时节的皇家宫阙景色以及皇帝出游的庄严肃穆，虽然境界较为开阔，但着力渲染富丽堂皇的皇家气象，不过是一首四平八稳的点缀升平之作。范词境界开阔宏壮，情绪凄苦沉郁，苍凉哀怨，荡气回肠。说夏词不及李词，符合实际；说范词不及李词，则不公允。两首词都是千古传诵的名篇，都以气象雄浑取胜。但是，李词空灵，范词质实，李词凄婉而洒脱，范词郁悒而凝重。

十一

【原 文】

张皋文[1]谓："飞卿[2]之词，深美闳约。"余谓：此四字惟冯正中[3]足以当之。刘融斋[4]谓："飞卿精艳[5]绝人。"差近之耳。

【译 文】

张惠言说："温庭筠词，深美闳约。"我认为，这四个字只有冯延巳才担当得起。刘熙载说："温庭筠词精艳绝人。"这还比较接近吧。

注 释

❶张皋文：即张惠言（1761—1802），字皋文，号茗柯，江苏武进（今常州）人。清代词人、词论家。

❷飞卿：即温庭筠（约 801—866），字飞卿，唐代词人。

❸冯正中：即冯延巳（903—960），字正中，五代南唐词人。

❹刘融斋：即刘熙载（1813—1881），字伯简，号融斋，清代文论家。

❺艳：一作"妙"。

评点

这一条论温庭筠词的艺术特色，请参见下一条评点。

十二

【原文】

“画屏金鹧鸪”，飞卿语也，其词品似之。“弦上黄莺语”，端己[1]语也，其词品亦似之。正中词品，若欲于其词句中求之，则“和泪试严妆”，殆近之欤？

【译文】

“画屏金鹧鸪”，这是温庭筠词里的一句，他的词的风格与之近似。“弦上黄莺语”，这是韦庄词里的一句，他的词的风格也与之近似。冯延巳词的风格，如果想要从他的词里找一句来描述，那么，“和泪拭严妆”差不多有点儿接近吧。

注释

❶端己：即韦庄（约836—910），字端己，长安杜陵（今陕西西安东南）人。唐末至五代前蜀诗人、词人。

评点

上一条和这一条对温庭筠、韦庄和冯延巳三位词人作品的艺术特点和艺术风格进行比较研究。所谓“深美闳约”是深沉美好、闳博简约的意思，指深厚博大的意蕴通过华美简约的文辞表现出来。王国维认为，温词达不到这一点，仅仅做到了“精艳绝人”，也就是文辞极为精工华丽而已。正因为如此，王国维用“画屏金鹧鸪”描述温词的风格。屏是屏风，画满了山水花鸟的屏风叫画屏，其色彩自然绚烂夺目。这是说温词辞采华美，与上条所说的“精艳绝人”意思相同。“弦上黄莺语”，是说弹奏琵琶时，乐声犹如黄莺啼鸣。这是说韦词的风格清新流利。“和泪试严妆”，是说一位佳人试穿华美的新装，因伤怀念远而涕泣涟涟。这是说冯词思致深沉、文辞华美。

风格，尤其是作家风格，是其作品从思想内容到艺术形式所表现出来的具有相对稳定性的总体特色。个人独特风格的形成，是作家走向成熟的标志。“风格就是人本身”（布封），风格是“精神个体性的形式”（马克思）。中国美学和文艺理论的风格论，具有鲜明的民族特色。古代理论家提出了不少重要的风格类型。比如，刘勰《文心雕龙·体性》中，提出了“典雅”“远奥”“精约”“显附”“繁缛”“壮丽”“新奇”“轻靡”八“体”；司空图《二十四诗品》中提出了“雄浑”“劲健”“豪放”“旷达”“冲淡”“绮丽”“自然”“含蓄”等二十四“品”。但是，对于这些风格类型，他们都没有给予明确的理论界定，而是根据自己的审美体验，描绘某种特定的情境或境界，让读者心领神会。司空图用“荒荒油云，寥寥长风”描述“雄浑”，用“饮之太和，独鹤与飞。犹之惠风，荏苒在衣”描述“冲淡”就是如此。运用体验描述的方式，不用带有抽象性的词语，是中国美学和文艺理论风格论的显著特色。王国维对于温、韦、冯三位词人风格的比较，也是采用这种传统的体验描述的方式。这种方式的优点是，以艺术的、形象的方式言说，便于从总体上把握风格特点，不抽象，不枯燥，能够激活读者丰富的联想和想象。但是，这种方式由于缺乏明确的理论阐释，也往往给人以迷离恍惚、难以把握之感。这既是这种言说方式的缺点，但也未尝不是优点。因为这包容了阐释的多样性或多义性，给读者留下了从不同角度解读的广阔空间。所以，我这里对“画屏金鹧鸪”“弦上黄莺语”“和泪试严妆”的说明只是一得之见，读者诸君大可从自己的审美经验出发进行阐释和解读。

十三

【原 文】

南唐中主[1]词："菡萏香销翠叶残，西风愁起绿波间。"大有众芳芜秽、美人迟暮之感。乃古今独赏其"细雨梦回鸡塞远，小楼吹彻玉笙寒"。故知解人正不易得。

【译 文】

李璟词"菡萏香销翠叶残，西风愁起绿波间"，大有屈原"哀众芳之芜秽""恐美人之迟暮"的感慨。然而从古到今，人们只是欣赏他的"细雨梦回鸡塞远，小楼吹彻玉笙寒"。由此可见，精于鉴赏的人实在难得。

注 释

❶南唐中主：即李璟（916—961），五代南唐国主，庙号元宗，世称中主，词人。

评 点

现将本条所论词转录于下：

摊破浣溪沙

李　璟

菡萏香销翠叶残，西风愁起绿波间。还与韶光共憔悴，不堪看。

细雨梦回鸡塞远，小楼吹彻玉笙寒。多少泪珠无限恨，倚阑干。

这首词，历代文人最欣赏其中“细雨梦回”两句，认为是警句。马令《南唐书·冯延巳传》：“元宗（南唐中主李璟）乐府词云：‘小楼吹彻玉笙寒’，延巳有‘风乍起，吹皱一池春水’之句，皆为警策。元宗尝戏延巳曰：‘“吹皱一池春水”，干卿何事？’延巳曰：‘未若陛下“小楼吹彻玉笙寒”。’元宗悦。”胡仔《苕溪渔隐丛话》引《雪浪斋日记》：“荆公（王安石）问山谷（黄庭坚）云：‘作小词曾看李后主词否？’云：‘曾看。’荆公云：‘何处最好？’山谷以‘一江春水向东流’为对。荆公云：‘未若“细雨梦回鸡塞远，小楼吹彻玉笙寒”。’”（王安石误把中主词当成后主词）

王国维认为这两句并非警句，而“菡萏香销翠叶残，西风愁起绿波间”两句寄兴深远。屈原《离骚》：

> 余既滋兰之九畹兮，又树蕙之百亩。畦留夷与揭车兮，杂杜衡与芳芷。冀枝叶之峻茂兮，愿俟时乎吾将刈。虽萎绝其亦何伤兮，哀众芳之芜秽。
>
> 日月忽其不淹兮，春与秋其代序。惟草木之零落兮，恐美人之迟暮。

屈原以“众芳芜秽”隐喻贤臣才士不能操守高洁而媚俗变节，以“美人迟暮”隐喻时光流逝，年事渐长，恐岁月蹉跎而功业难就。王国维认为，李璟词中“菡萏香销”两句描写残荷零落、西风乍起的深秋景象，并非单纯写景而是有所寄托，与屈原“众芳之芜秽”“美人之迟暮”的慨叹异曲同工。

比兴寄托是中国古代诗词常用的艺术手法。把这两句词理解为有所寄托，王国维的看法自成一家之言。不过，南唐立国江东一隅，中主李璟亦非英武有为之君。他在位时，南唐已是中原地区后周王朝的附庸之国。说李璟会发“众芳之芜秽”“美人之迟暮”之叹，似与情理不合。王国维 1908 年撰写《人间词话》时，清王朝政局昏暗，危机四伏，一片衰微破败、西风残照景象。他也许是夺他人之酒杯，浇胸中之垒块，通过对这两句词的解说，抒发他忧时忧世的感叹。

十四

【原 文】

温飞卿之词，句秀也；韦端己之词，骨秀也；李重光[1]之词，神秀也。

【译 文】

温庭筠词，字句华美；韦庄词，骨力劲健；李煜词，神韵悠长。

注 释

❶李重光：即李煜（937—978），五代南唐国主，字重光，世称李后主，词人。

评 点

这一条是对温庭筠、韦庄和李煜词的艺术特点进行比较研究。王国维认为温词“句秀”，是说温词字句华美富丽；认为韦词“骨秀”，是说韦词文辞淡雅，在洒脱的风致中蕴含着端直劲健的力度美；认为后主词“神秀”，是说后主词神韵悠长，具有蓬勃的生机活力，神采飞扬，余味无穷。总之，温词之美在“句”，韦词之美在“骨”，后主词之美在“神”。显然，他认为后主词的成就在温、韦词之上，而韦词又略胜温词一筹。不过，持平而论，作为花间派词风的代表者，温、韦二人，伯仲间耳，实难分高下。当然，温词较为华艳，韦词较为淡雅，但说韦词骨力劲健，似有溢美之嫌。

十五

【原 文】

词至李后主而眼界始大，感慨遂深，遂变伶工之词而为士大夫之词。周介存[1]置诸温、韦之下，可谓颠倒黑白矣。“自是人生长恨水长东。”“流水落花春去也，天上人间。”《金荃》《浣花》能有此气象耶？

【译 文】

词到李后主，眼界才阔大，感慨也更深沉，从而把伶人乐工词变为士大夫词。周济把李后主词置于温、韦词之下，可以说是颠倒黑白。“自是人生长恨水长东。”“流水落花春去也，天上人间。”《金荃词》《浣花词》能有这种气象吗？

注 释

❶周介存：即周济（1781—1839），字保绪，一字介存，号未斋，晚号止庵，江苏荆溪（今江苏宜兴）人。清代词人，“常州派”重要词论家。著有《介存斋论词杂著》等。

评 点

这一条评价李后主词在词的发展史上的地位。王国维认为，词本来是供伶人乐工于花前月下、秦楼楚馆演唱的，到李后主才成为文人士大夫抒情言志的一种文学体裁，冲破了男女情爱、相思别离这种传统题材的限制，从而眼界更开阔，感慨更深沉。李后主词的贡献和价值远在温、韦词之上。

他们的作品绝没有李后主词那种自由奔放、凄婉沉挚的气象。这主要是就李后主中后期，尤其是降宋之后的词作而言。王国维这种见解是深刻而独到的。不过他对周济对温、韦、后主词的评价，似有误解。周济说："毛嫱、西施，天下美妇人也，严妆佳，淡妆亦佳，粗服乱头不掩国色。飞卿，严妆也；端己，淡妆也；后主则粗服乱头矣。""李后主词，如生马驹，不受控捉。"(《介存斋论词杂著》)他把李后主词比为"粗服乱头"的"天下美妇人"，是说后主词自然浑成、生机勃勃，实无贬义。

现将这一条论及的两首词以及可以称为李煜词代表作的《虞美人》转录于下：

乌夜啼

林花谢了春红，太匆匆。无奈朝来寒雨晚来风。

胭脂泪，留人醉，几时重。自是人生长恨水长东。

浪淘沙

帘外雨潺潺，春意阑珊。罗衾不耐五更寒。梦里不知身是客，一晌贪欢。

独自莫凭栏，无限江山，别时容易见时难。流水落花春去也，天上人间。

虞美人

春花秋月何时了，往事知多少。小楼昨夜又东风，故国不堪回首月明中。

雕栏玉砌应犹在，只是朱颜改。问君能有几多愁？恰似一江春水向东流。

这三首词，李煜尽情地倾诉国破家亡之痛，情感汹涌澎湃，起伏奔腾，悲凉凄楚，缠绵哀怨，文辞自然流畅，明白如话，把内心的痛苦、怨愤、悔恨、伤感、绝望……淋漓尽致地表现出来，因而具有强烈的艺术感染力。诚如缪塞所说："最美丽的诗歌是最绝望的诗歌，有些不朽的篇章是纯粹的眼泪。"（《五月之夜》）

十六

【原 文】

词人者，不失其赤子之心者也。故生于深宫之中，长于妇人之手，是后主[1]为人君所短处，亦即为词人所长处。

【译 文】

词人就是不失其赤子之心的人。所以，出生于深宫之中，长大于妇人之手，是李后主作为君主的短处，却也是他作为词人的长处。

注 释

❶后主：即李煜。详见前文注。

评 点

这一条论词人应不失其赤子之心，请参见下一条评点。

十七

【原 文】

客观之诗人，不可不多阅世。阅世愈深，则材料愈丰富，愈变化，《水浒传》《红楼梦》之作者是也。主观之诗人，不必多阅世。阅世愈浅，则性情愈真，李后主是也。

【译 文】

客观诗人，不能不多经历世事。经历世事越深切，那么创作素材就越丰富多彩，越错综变化，《水浒传》《红楼梦》的作者就是如此。主观诗人，不必多经历世事。经历世事越浅，那么性情就越纯真，李后主就是如此。

评 点

王国维认为作家、艺术家应该不失其赤子之心，出自赤子之心的作品才是优秀作品，古今中外的美学和文艺理论家都有人持这种观点。李贽说：“夫童心者，真心也……绝假纯真，最初一念之本心也。”“天下之至文，未有不出于童心焉者也。”(《童心说》)袁枚说：“诗人者，不失其赤子之心者也。”(《随园诗话》)叔本华说：“天才者，不失其赤子之心者也。……赤子能感也，能思也，能教也，其爱知识也较成人为深，而其受知识也亦视成人为易。……故自某方面观之，凡赤子皆天才也。又凡天才自某点观之，皆赤子也。”(王国维《叔本华与尼采》引《意志及观念之世界》)李贽所说的“童心”也就是赤子之心。叔本华所说的“天才”，首先是指艺术家。王国维赞同这种观点，所以他说：“词人者，不失其赤子之心者也。”

赤子即婴儿。所谓“赤子之心”或“童心”，是指婴儿或儿童那种天真无邪、未受社会风习污染的赤诚之心，也就是“真心”。认为诗人应不失其赤子之心，就是强调诗人应该真诚地对待自然人生，作品应该出自至性真情。可见，王国维认为词人不应失其赤子之心，和他主张写真景物、真感情是完全一致的。在他看来，词人只有不失其赤子之心，才能写出真景物、真感情。

王国维进一步认为，诗人要葆有赤子之心，应该处于一种比较封闭的生活环境中，不应有丰富的生活阅历，这样就可以免受消极腐败社会风习的浸染。所以，他主张“主观之诗人（抒情诗人），不必多阅世。阅世愈浅，则性情愈真”，认为李煜“生于深宫之中，长于妇人之手”，虽然未经历练，不谙世事，缺乏安邦定国之才，却使他免受社会风习的濡染，从而葆有赤子之心，终于成为一位大词人。他是“阅世愈浅，则性情愈真”的典范。可见，王国维对于消极腐朽的社会风习对诗人灵魂的污染毒害深恶痛绝。他曾愤激地说：“社会上之习惯，杀许多之善人；文学上之习惯，杀许多之天才。”（卷下第十四条）可见，倡导赤子之心、性情之真，正是针对风气之陋、习俗之伪。

但是，王国维所指出的不经历世事，躲进象牙之塔以保持赤子之心、性情之真的道路是错误的。西方文艺理论家认为愤怒出诗人，中国古代文论家认为诗穷而后工，都认为诗人经历了艰难困苦，遭受了挫折坎坷，才激发起深沉浓郁的诗情，创作出不朽的名篇佳作。这就是司马迁所说的“《诗》三百篇，大抵贤圣发愤之所为作也”（《史记·太史公自序》）。韩愈所说的：“夫和平之音淡薄，而愁思之声要妙；欢愉之辞难工，而穷苦之言易好也。”（《荆潭唱和诗序》）欧阳修所说的：

> 凡士之蕴其所有，而不得施于世者，多喜自放于山巅水涯之外，见虫鱼草木风云鸟兽之状类，往往探其奇怪；内有忧思感愤之郁积，其兴于怨刺，以道羁臣寡妇之所叹，而写人情之难言，盖愈穷则愈工。然则非诗之能穷人，殆穷者而后工也。（《梅圣俞诗集序》）

就以李煜而论，他的最优秀的作品大都作于降宋之后。这时，他从一个小国君主变为宋王朝的阶下囚，终日过着以泪洗面的生活。他的词是他当时情感思绪的真实表露。没有他这种独特的生活经历，也就不会有那些流传千古的精美词章。可见，不管是“客观之诗人”（叙事作家）还是“主观之诗人”（抒情诗人），都“不可不多阅世”。

十八

【原 文】

尼采[1]谓：“一切文学，余爱以血书者。”后主之词，真所谓以血书者也。宋道君皇帝[2]《燕山亭》词亦略似之。然道君不过自道身世之戚，后主则俨有释迦[3]、基督[4]担荷人类罪恶之意，其大小固不同矣。

【译 文】

尼采说：“所有的文学作品中，我爱用血写成的。”李后主词，真可以说是用血写成的。宋徽宗的《燕山亭》词，也颇有相似之处。然而，宋徽宗不过述说自己经历的悲苦，李后主则俨然有释迦牟尼、耶稣承担全人类罪恶的意思，他们作品价值的高低本来就是不同的。

注 释

❶尼采：1844—1900年在世，德国哲学家，唯意志论和生命哲学主要代表之一，主要著作有《悲剧的诞生》《查拉图斯特拉如是说》《善恶的彼岸》《道德的世系》《权力意志》等。

❷宋道君皇帝：即宋徽宗赵佶（1082—1135）。其尊信道教，大建宫观，自称“教主道君皇帝”。

❸释迦：释迦牟尼，佛教创始人。

❹基督：耶稣基督，基督教始祖。

评 点

这一条对李后主词和宋徽宗词进行比较研究。宋徽宗赵佶是一个昏庸的皇帝，却也是一位著名的画家和书法家。金兵攻陷北宋首都汴京，他和他的儿子钦宗赵桓被俘，押解北去，后他死于五国城。在北上途中，他写下了《燕山亭》（北行见杏花）词，全文是：

裁剪冰绡，轻叠数重，淡著燕脂匀注。新样靓妆，艳溢香融，羞杀蕊珠宫女。易得凋零，更多少、无情风雨。愁苦。问院落凄凉，几番春暮。

凭寄离恨重重。这双燕，何曾会人言语。天遥地远，万水千山，知他故宫何处。怎不思量，除梦里、有时曾去。无据。和梦也，新来不做。

此处尼采的引语，现在的译文是："凡一切已经写下的，我只爱其人用其血写下的。用血写，然后你将体会到，血便是精义。"（《苏鲁支语录》，徐梵澄译）

王国维认为李后主词是用血写成的，是说李后主词出自至性真情，字字血，声声泪。宋徽宗词与之颇有相似之处。然而，宋徽宗只是诉说个人的痛苦和不幸，李后主却超越了个人，表现了人类共同的痛苦和不幸，就好像释迦牟尼和耶稣以个人的受苦受难担荷全人类的罪恶一样。所谓宋徽宗词和李后主词"大小固不同"，是说前者只具有个别的、特殊的品格，后者则从个别和特殊上升到一般和普遍，其艺术价值高低不同，因而其艺术感染力的强度才有着巨大差异。王国维所说的"俨有释迦、基督担荷人类罪恶之意"只是一个比喻，并非认为李后主以个人苦难担荷人类罪恶。这一点，不应引起误解。

在文学史上存在这样一种现象，优秀杰出的作品可以引起不同历史时期读者思想感情的共鸣。这是因为尽管处于不同历史时期有着不同生活经历的人，其思想感情必然有所不同，然而社会生活是前后相继向前发展的，因而人们的生活境遇和思想感情总还具有某种相似性以至于共同性。当然，这种共鸣是后代读者从自身生活经历出发而进行的欣赏和解读，是一种艺术的再创造。比如，李后主的《虞美人》（春花秋月何时了）把离愁别绪、家国之思表现得真切感人，他所留恋的是已经灭亡的南唐小王朝和宫廷生活。抗战时期的中国知识分子通过吟诵欣赏这首词寄托自己的离愁别绪、家国之思，他们所怀恋的却是在日寇铁蹄下呻吟的父老乡亲，是被日寇所占领的祖国大好河山。这时，词中的“往事”“故国”“雕栏”“玉砌”已成为一种符号、一种象征，被欣赏者赋予了全新的内涵。甚至“问君能有几多愁，恰似一江春水向东流”这种本来比较消沉伤感的句子，也被赋予了悲愤激越的情调。就是在今天，远离故乡和亲人的读者，仍然会欣赏这首词，并根据自己的生活经历进行解读和体味。文学欣赏中的这种“共鸣”现象是普遍存在的。王国维所说的“后主则俨有释迦、基督担荷人类罪恶之意”所揭示的，正是这种“共鸣”现象。

十九

【原 文】

冯正中词虽不失五代风格，而堂庑特大，开北宋一代风气，与中、后二主词皆在花间范围之外，宜《花间集》①中不登其只字也。

【译 文】

冯延巳词虽然还没有失去五代词的风格特色，然而气象恢宏，开北宋一代词风，和南唐中主、后主词都突破了花间词风的限制，《花间集》中不收录他们一个字是很自然的事。

注 释

❶《花间集》：五代后蜀赵崇祚编，选录晚唐五代十八家词五百首。

评 点

这一条论冯延巳词的特点，请参见下一条评点。

二十

【原 文】

正中词除《鹊踏枝》《菩萨蛮》十数阕最煊赫外，如《醉花间》之“高树鹊衔巢，斜月明寒草”，余谓：韦苏州[1]之“流萤渡高阁”，孟襄阳[2]之“疏雨滴梧桐”，不能过也。

【译 文】

冯延巳词除《鹊踏枝》《菩萨蛮》十几首最杰出外，像《醉花间》的“高树鹊衔巢，斜月明寒草”，我认为：就连韦应物的“流萤渡高阁”和孟浩然的“疏雨滴梧桐”也不能超过。

注 释

❶韦苏州：即韦应物（约737—791），字义博，京兆万年（今陕西西安）人。唐代诗人。曾官苏州刺史，故称韦苏州。

❷孟襄阳：即孟浩然（689—740），以字行，襄州襄阳（今属湖北）人。唐代诗人。因为是襄阳人，故称孟襄阳。

评 点

第十九、二十这两条评论五代南唐词人冯延巳。在王国维之前以及与之同时的词论家陈廷焯、冯煦、况周颐等人，都对冯词给予很高评价。冯煦说：“词至南唐，二主（中主、后主）作于上，正中和于下，诣微造极，得未曾有。宋初诸家，靡不祖述二主、宪章正中。”（《蒿庵论词》）这和王国维所说的冯词“开北宋一代风气”是一致的。王国维认为，冯词的艺术特点是，虽然仍具有五代词辞采华美的特点，但气象恢宏、境界阔大。这种分析是符合实际的。王国维还举出了冯词的代表作和警句。唐代诗人韦应物《寺居独夜寄崔主簿》中的“寒雨暗深更，流萤渡高阁”和孟浩然的联句“微云淡河汉，疏雨滴梧桐”是千古流传的警句。王国维认为，冯延巳《醉花间》（晴雪小园春未到）词中的“高树鹊衔巢，斜月明寒草”与之相比毫无逊色。这实际上是说冯词深得唐诗妙境。可见，王国维对冯词极为推崇。

王国维认为《花间集》中不收录南唐二主和冯词，是因为他们突破了花间词风。这种看法不准确。《花间集》是五代后蜀赵崇祚编，主要收录蜀中词人作品，欧阳炯在后蜀广政三年（940）为之作序。这时，冯延巳37岁，中主李璟25岁，后主李煜才4岁。《花间集》不收他们的作品，实因西蜀、南唐道里隔绝以及后主年岁不相及所致。王国维实疏于考证。

二十一

【原文】

欧九①《浣溪沙》词“绿杨楼外出秋千”。晁补之②谓：只一“出”字，便后人所不能道。余谓：此本于正中《上行杯》词“柳外秋千出画墙”，但欧语尤工耳。

【译文】

欧阳修《浣溪沙》词“绿杨楼外出秋千”。晁补之认为：只是一个“出”字，后代词人便说不出来。我认为：这句出于冯延巳《上行杯》词“柳外秋千出画墙”，但是欧阳修的文辞更加工巧。

注释

❶欧九：即欧阳修（1007—1072），字永叔，号醉翁、六一居士，吉州吉水（今属江西）人。北宋文学家、史学家。因在家族中排行第九，故有此称。

❷晁补之：1053—1110 年在世，字无咎，号归来子，济州巨野（今属山东）人。北宋文学家，“苏门四学士”之一。

评点

本条所引晁补之对欧阳修词的评论，见吴曾《能改斋漫录》。这句话既是赞美“出”字用得好，套用王国维的说法，可以说：著一“出”字，而境界全出。同时，也有这种用法是欧阳修独创的意思。王国维指出：这并非欧阳修独创，而是出于冯延巳《上行杯》词，但欧词文辞更为工巧。现将两首词转录于下：

上行杯

冯延巳

落梅著雨消残粉，云重烟轻寒食近。罗幕遮香，柳外秋千出画墙。
春山颠倒钗横凤，飞絮入帘春睡重。梦里佳期，只许庭花与月知。

浣溪沙

欧阳修

堤上游人逐画船，拍岸春水四垂天，绿杨楼外出秋千。
白发戴花君莫笑，六幺催拍盏频传，人生何处似尊前。

冯词写伤春念远情怀，情意缠绵。欧词写游春畅饮情景，气度洒脱。二词实难分高下。“柳外秋千出画墙”和“绿杨楼外出秋千”两句描绘春天景色也都鲜明生动。要说“欧语尤工”，可能是后一句更传神地描绘出秋千高高荡起的情景，更具动态感。还应补充的是，前一句也并非冯延巳所独创，而是出自王维《寒食城东即事》：“蹴踘屡过飞鸟上，秋千竞出垂杨里。”古人写诗填词，讲究出处，经常化用前人诗句，于此可见一斑。

二十二

【原 文】

梅圣俞[1]《苏幕遮》词：“落尽梨花春事[2]了。满地斜[3]阳，翠色和烟老。”刘融斋谓：少游[4]一生似专学此种。余谓：冯正中《玉楼春》词：“芳菲次第长相续，自是情多无处足。尊前百计得春归，莫为伤春眉黛促。”永叔[5]一生似专学此种。

【译 文】

梅尧臣《苏幕遮》词：“落尽梨花春事了。满地斜阳，翠色和烟老。”刘熙载认为：秦观一生似乎专门学习这种词。我认为：冯延巳《玉楼春》词：“芳菲次第长相续，自是情多无处足。尊前百计得春归，莫为伤春眉黛促。”欧阳修一生似乎专门学习这种词。

注释

❶梅圣俞：即梅尧臣（1002—1060），字圣俞，北宋词人。

❷事：一作“又”。

❸斜：一作“残”。

❹少游：即秦观（1049—1100），字少游、太虚，号淮海居士，高邮（今属江苏）人。北宋词人。

❺永叔：即欧阳修。详见前文注。

评点

这一条论秦观词和欧阳修词风格的差异。所引梅尧臣词缠绵哀怨、含蓄蕴藉，秦观词风格与此相近。所引冯延巳词于缠绵哀怨中透露出达观洒脱的情致，欧阳修词风格正与此相近。前文已谈到，中国古代文论家在论及作家风格时，往往根据自己的审美体验，描绘某种特定的情境或境界，让读者心领神会。这里也正是如此。请参见本卷第十一、十二条评点。

二十三

【原文】

人知和靖[1]《点绛唇》、圣俞《苏幕遮》、永叔《少年游》三阕为咏春草绝调，不知先有正中“细雨湿流光”五字，皆能摄春草之魂者也。

【译文】

人们只知道林逋《点绛唇》、梅尧臣《苏幕遮》和欧阳修《少年游》三首词是咏春草的绝唱，不知道先有冯延巳的“细雨湿流光”五个字，都是能为春草传神的佳作。

注释

❶和靖：即林逋（967—1028），字君复，谥和靖先生，钱塘（今浙江杭州）人。北宋词人。

评点

这一条共论及四首咏春草词，现转录于下：

南乡子

冯延巳

细雨湿流光，芳草年年与恨长。烟锁凤楼无限事，茫茫。鸾镜鸳衾两断肠。

魂梦任悠扬，睡起杨花满绣床。薄幸不来门半掩，斜阳。负你残春泪几行。

点绛唇

林　逋

金谷年年，乱生春色谁为主。余花落处，满地和烟雨。

又是离歌，一阕长亭暮。王孙去，萋萋无数。南北东西路。

苏幕遮

梅尧臣

露堤平，烟墅杳。乱碧萋萋，雨后江天晓。独有庾郎年最少。窣地春袍，嫩色宜相照。

接长亭，迷远道。堪怨王孙，不记归期早。落尽梨花春又了。满地残阳，翠色和烟老。

少年游

欧阳修

阑干十二独凭春，晴碧远连云。千里万里，二月三月，行色苦愁人。

谢家池上，江淹浦畔，吟魄与离魂。那堪疏雨滴黄昏。更特地，忆王孙。

这里所说的“能摄春草之魂”，就是能描绘出春草的情态，为之传神。冯词和林词写细雨霏微中的春草，梅词和欧词写广阔原野上一望无际的春草都能做到逼真传神，并且与伤怀念远之情融合为一，情景相生，韵味悠长。

中国古代绘画艺术以“气韵生动”作为最高美学要求，人物和景物描绘不仅要求“形似”，更要求“神似”。“神”，指人物的精神或景物的神态。据传，东晋画家顾恺之画人物，有时数年不点睛。人问其故，他回答说：“四体妍蚩，本亡（无）关于妙处；传神写照，正在阿堵（这东西，此处指眼珠——引者注）之中。”陈郁也说：“写其形必传其神，传其神必写其心。”（《藏一话腴》）这种理论同样也适用于诗歌创作。在咏物诗创作中，诗论家认为要做到“肖”，如实地描绘出外物的形象（即“形似”）并不难，难的是描绘出外物的神态特点（即“神似”），并且表现出诗人的情感思绪。所以说：“夫咏物之难，非肖难也，惟不局局于物之难。”（陆时雍《诗镜总论》）“咏物诗要不即不离，工细中须具缥缈之致。”（吴雷发《说诗菅蒯》）“咏物诗……形容极肖，终非上乘。……宛转相关，寄托无迹，不粘滞于景物，不著力于论断，遗形取神，超相入理，固别有道在矣。”（朱庭珍《筱园诗话》）王国维认为咏春草之词不应只得其貌而应能“摄”其“魂”，正与遗其“形”而取其“神”，超其“相”而入其“理”的理论相一致。

王国维说：“能写真景物、真感情者，谓之有境界。”（本卷第六条）他所说的能写“真景物”正是指写景妙造自然、体物得神，而非刻板描摹、只求形似。可见，这一条通过举四首咏春草词为例，说明了怎样叫作能写“真景物”。

二十四

【原 文】

《诗·蒹葭》一篇，最得风人深致[①]。晏同叔[②]之“昨夜西风凋碧树。独上高楼，望尽天涯路”意颇近之。但一洒落，一悲壮耳。

【译 文】

《诗经》的《蒹葭》这一篇，最能表现诗人深沉的情致。晏殊的“昨夜西风凋碧树。独上高楼，望尽天涯路”意趣和它颇为近似。但是，一个情调洒脱，一个情调悲壮。

注释

❶风人深致：风人，指诗人。深致：深沉的情致。刘熙载《艺概·诗概》云："雅人有深致，风人骚人亦各有深致。后人能有其致，则风、雅、骚不必在古矣。"

❷晏同叔：即晏殊（991—1055），字同叔，抚州临川（今江西抚州）人。北宋词人。

评点

这一条论诗歌应表现真感情。请参见下一条评点。

二十五

【原文】

"我瞻四方，蹙蹙靡所骋。"诗人之忧生也。"昨夜西风凋碧树。独上高楼，望尽天涯路"似之。"终日驰车走，不见所问津。"诗人之忧世也。"百草千花寒食路，香车系在谁家树"似之。

【译文】

"我瞻四方，蹙蹙靡所骋。"这是诗人抒发对于人生的忧虑之情。"昨夜西风凋碧树。独上高楼，望尽天涯路"和它相似。"终日驰车走，不见所问津。"这是诗人抒发对世事的忧虑之情。"百草千花寒食路，香车系在谁家树"和它相似。

评点

这两条共论及五首诗词，现转录于下：

诗经·秦风·蒹葭（节录）

蒹葭苍苍，白露为霜。所谓伊人，在水一方。溯洄从之，道阻且长。溯游从之，宛在水中央。

蒹葭凄凄，白露未晞。所谓伊人，在水之湄。溯洄从之，道阻且跻。溯游从之，宛在水中坻。

蒹葭采采，白露未已。所谓伊人，在水之涘。溯洄从之，道阻且右。溯游从之，宛在水中沚。

诗经·小雅·节南山（节录）

昊天不佣，降此鞠讻。昊天不惠，降此大戾。君子如届，俾民心阕。君子如夷，恶怒是违。

不吊昊天，乱靡有定。式月斯生，俾民不宁。忧心如酲，谁秉国成。不自为政，卒劳百姓。

驾彼四牡，四牡项领。我瞻四方，蹙蹙靡所骋。

鹊踏枝

晏　殊

槛菊愁烟兰泣露。罗幕轻寒，燕子双飞去。明月不谙离恨苦，斜光到晓穿朱户。

昨夜西风凋碧树。独上高楼，望尽天涯路。欲寄彩笺兼尺素，山长水阔知何处。

饮酒二十首（之二十）

陶渊明

羲农去我久，举世少复真。汲汲鲁中叟，弥缝使其淳。凤鸟虽不至，礼乐暂得新。洙泗辍微响，漂流逮狂秦。诗书复何罪，一朝成灰尘。区区诸老翁，为事诚殷勤。如何绝世下，六籍无一亲。终日驰车走，不见所问津。若复不快饮，空负头上巾。但恨多谬误，君当恕醉人。

鹊踏枝

冯延巳

几日行云何处去。忘却归来，不道春将暮。百草千花寒食路，香车系在谁家树？

泪眼倚楼频独语。双燕飞来，陌上相逢否？撩乱春愁如柳絮，悠悠梦里无寻处。

《蒹葭》是《诗经·秦风》中的一篇。这首诗以反复咏叹的手法表现了对远方友人的思念之情。汉儒认为："《蒹葭》，刺襄公也。未能用周礼，将无以固其国焉。"诗中之"伊人"，指"知周礼之贤人"。(《十三经注疏·毛诗正义》)晏殊词抒写清秋时节伤怀念远之情。王国维认为，《蒹葭》这首诗情致深沉，晏词与之相近，只是前者洒脱，后者悲壮。

《节南山》是《诗经·小雅》中的一篇。汉儒认为，"《节南山》，家父刺幽王也"。作者家父是"周大夫"。(《十三经注疏·毛诗正义》)周幽王昏庸无道、国是日非。诗中的"我瞻四方，蹙蹙靡所骋"表现出贤人君子无所适从、迷惘沉痛的情怀。王国维认为晏殊词所表现的情感与此诗相近似。陶潜身处东晋与宋易代之际，他的《饮酒二十首（之二十）》表现出对政治混乱、救世无人的愤激之情。诗中"终日驰车走，不见所问津"直斥趋炎附势的腐败风气。王国维认为冯延巳词所表现的情感与此诗相近似。

汉儒对《诗经》的解说未必都符合作品实际，王国维对两首词的理解也只是一家之言。这些，我们都可以存而不论。在这两条里，王国维通过对这些作品的分析，肯定诗歌应该表现"风人深致"，抒写"忧生""忧世"之情。王国维说："能写真景物、真感情者，谓之有境界。"（本卷第六条）他所说的"真感情"，就是感情发自肺腑，诚挚深切，而非虚情假意，无病呻吟。这两条所说的"风人深致""忧生""忧世"之情就是一种"真感情"。

二十六

【原 文】

古今之成大事业、大学问者，必经过三种之境界："昨夜西风凋碧树。独上高楼，望尽天涯路。"此第一境也。"衣带渐宽终不悔，为伊消得人憔悴。"此第二境也。"众里寻他千百度。回头蓦见[1]，那人正[2]在，灯火阑珊处。"此第三境也。此等语皆非大词人不能道。然遽以此意解释诸词，恐为晏、欧诸公所不许也。

【译 文】

古往今来成就大事业、大学问的人，必定要经历三种境界："昨夜西风凋碧树。独上高楼，望尽天涯路。"这是第一境界。"衣带渐宽终不悔，为伊消得人憔悴。"这是第二境界。"众里寻他千百度。回头蓦见，那人正在，灯火阑珊处。"这是第三境界。这些话不是大词人是说不出来的。然而我竟然用这样的意思解释上述诸词，恐怕晏殊、欧阳修诸词人也不会赞许吧。

注 释

❶回头蓦见：诸版本多作"蓦然回首"。

❷正：诸版本多作"却"。

评 点

这一条根据《文学小言》第五条修改而成。从开始到"此第三境也"两者基本相同，但"境界"和"境"，《文学小言》均作"阶级"。最后两句，《文学小言》作"未有不阅第一、第二阶级而能遽跻第三阶级者。文学亦然。此有文学上之天才者，所以又需莫大之修养也”。《文学小言》写于1906年，《人间词话》写于1908年。把《文学小言》中的一条经修改后重新写入《人间词话》，可见是王国维的得意之笔。

这一条引用了三首词中的句子。“昨夜西风凋碧树。独上高楼，望尽天涯路”出于晏殊《鹊踏枝》。这首词全文见第二十五条评点。现将其他两首词转录于下：

蝶恋花

柳　永

伫倚危楼风细细。望极春愁，黯黯生天际。草色烟光残照里，无言谁会凭阑意。

拟把疏狂图一醉。对酒当歌，强乐还无味。衣带渐宽终不悔，为伊消得人憔悴。

青玉案·元夕

辛弃疾

东风夜放花千树。更吹落，星如雨。宝马雕车香满路。凤箫声动，玉壶光转，一夜鱼龙舞。

蛾儿雪柳黄金缕，笑语盈盈暗香去。众里寻他千百度。蓦然回首，那人却在，灯火阑珊处。

这一条是王国维对创业之路、治学之路的理解。这里的“境界”“境”是阶级、阶段的意思。王国维认为，大事业、大学问不可能一蹴而就，必须循序渐进，进行长期的探索和追求，必须具有坚韧不拔、百折不挠的精神，不仅要具有天赋，更需要进行刻苦的修行。具体说来，这就要经历三个阶段。

“昨夜西风凋碧树。独上高楼，望尽天涯路。”描绘了长林叶落、西风乍起的清秋时节，登楼远眺，但见天高云淡，一条道路通向遥远的天际。此情此景，一种孤独寂寞之感油然而生，但似乎也唤起一种追求和探索的期望。这里是比喻在创业和治学的开始阶段，必须高瞻远瞩，视野开阔，耐得住寂寞孤独，同时要认清前人走过的道路，厘清前代已有的成果作为基础和出发点。这是第一境界或阶段。

“衣带渐宽终不悔，为伊消得人憔悴。”描绘了热恋中情人的相思之苦。情有独钟，专一执着，虽衣带渐宽、枯槁憔悴也心甘情愿、无怨无悔。这是比喻在创业和治学的过程中，要坚韧不拔、百折不挠，具有不怕艰难险阻、不惜殚精竭虑的献身精神。这是第二境界或阶段。

“众里寻他千百度。蓦然回首，那人却在，灯火阑珊处。”描绘了在灯如海、花如潮的元宵夜情人约会的情景。经过百次千次的苦苦追寻，在那灯火冷落之处，终于见到了朝思暮想的意中人，不禁大喜过望，极度欢欣。这是比喻经过艰辛的探索和追求后，终于获得事业的成功、学问的创见，理想实现，自然体验到无比的喜悦和快慰。这是第三境界或阶段。

王国维的三“境界”说是对成功的创业之路或治学之路的形象描述。他所强调的是一种献身殉身精神。这既是一条充满荆棘和险阻的艰辛之路，也是一条可以使人体验到最高的精神愉悦之路。王国维的话里蕴含着深邃的人生哲理。

二十七

【原文】

永叔“人间[1]自是有情痴，此恨不关风与月”“直须看尽洛城花，始与[2]东[3]风容易别”于豪放之中有沉著之致，所以尤高。

【译文】

欧阳修的“人间自是有情痴，此恨不关风与月”“直须看尽洛城花，始与东风容易别”在豪放中蕴含着深沉的情致，所以尤其高出于其他作品。

注释

❶间：诸版本多作“生”。

❷与：诸版本多作“共”。

❸东：诸版本多作“春”。

评点

这一条论欧阳修词，现转录于下：

玉楼春

欧阳修

尊前拟把归期说。未语春容先惨咽。人生自是有情痴，此恨不关风与月。

离歌且莫翻新阕。一曲能教肠寸结。直须看尽洛城花，始共春风容易别。

北宋前期词，大体上仍沿袭晚唐五代尤其是南唐词风。欧阳修词也不例外。刘熙载说：“冯延巳词，晏同叔得其俊，欧阳永叔得其深。”（《艺概·词曲概》）这是说欧词继承了冯词情致深沉的特点。冯煦认为，欧词“疏隽开子瞻，深婉开少游”（《宋六十一家词选·例言》）。这是以“疏隽”而又“深婉”概括欧词的风格，并认为这种词风分别影响到苏轼和秦观。所谓“疏隽”，即疏放隽永；所谓“深婉”，即深沉婉转。王国维这里所说的“于豪放之中有沉著之致”，就是以既“豪放”而又“沉著”概括这首欧词的特点。这与冯煦的看法相近。明明是春色撩人，却说：“人生自是有情痴，此恨不关风与月。”明明是愁肠寸结，却仍要“直须看尽洛城花，始共春风容易别”，表现出开阔疏狂的襟怀。而这正深化了离情别绪。可见，以“豪放之中有沉著之致”概括这首词的特点是比较准确的。从总体上看，这也大体是欧词的风格特点。

二十八

【原 文】

冯梦华[1]《宋六十一家词选·序例》谓："淮海[2]、小山[3]，古之伤心人也。其淡语皆有味，浅语皆有致。"余谓此惟淮海足以当之。小山矜贵有余，但可方驾子野[4]、方回[5]，未足抗衡淮海也。

【译 文】

冯煦《宋六十一家词选·序例》说："秦观和晏幾道，真是古代的伤心人。他们平淡的语言都有韵味，浅近的语言都有深致。"我认为，这种评价只有秦观才能担当得起。晏幾道矜持华贵有余，只能和张先、贺铸并驾齐驱，不足以与秦观相抗衡。

注 释

❶冯梦华：即冯煦（1843—1927），字梦华，号蒿盦，江苏金坛（今常州金坛区）人。清末民初词人。著有《蒿盦类稿》《蒙香室词》《蒿盦词话》等，编有《宋六十一家词选》。

❷淮海：即秦观。详见前文注。

❸小山：即晏幾道（约1038—1110），字叔原，号小山，北宋词人。

❹子野：即张先（990—1078），字子野，北宋词人。

❺方回：即贺铸（1052—1125），字方回，北宋词人。

评 点

这一条论秦观词，请参见本卷第三十条评点。

二十九

【原 文】

少游词境最为凄婉。至“可堪孤馆闭春寒，杜鹃声里斜阳暮”则变而凄厉矣。东坡[1]赏其后二语，犹为皮相。

【译 文】

秦观词的境界最为凄婉。至于他的“可堪孤馆闭春寒，杜鹃声里斜阳暮”就更加变得凄厉了。苏轼特别欣赏这首词的最后两句，还只停留在文辞表面。

注释

❶ 东坡：即苏轼（1037—1101），字子瞻，号东坡居士，眉州眉山（今属四川）人。北宋文学家、书画家。与父苏洵、弟苏辙，合称“三苏”，俱被列入“唐宋八大家”。

评点

这一条论秦观词，请参见本卷第三十条评点。

三十

【原 文】

“风雨如晦，鸡鸣不已。”“山峻高以蔽日兮，下幽晦以多雨。霰雪纷其无垠兮，云霏霏而承宇。”“树树皆秋色，山山惟落晖。”“可堪孤馆闭春寒，杜鹃声里斜阳暮。”气象皆相似。

【译 文】

“风雨如晦，鸡鸣不已。”“山峻高以蔽日兮，下幽晦以多雨。霰雪纷其无垠兮，云霏霏而承宇。”“树树皆秋色，山山惟落晖。”“可堪孤馆闭春寒，杜鹃声里斜阳暮。”这些诗句的气象都是相似的。

评 点

屈原（约前340—约前278），名平，字原，又自云名正则，字灵均，战国楚诗人。王绩（约589—644），字无功，绛州龙门（今山西河津）人。唐诗人。本卷第二十九、三十条论及四首诗词，现转录于下：

诗经·郑风·风雨

风雨凄凄，鸡鸣喈喈。既见君子，云胡不夷。

风雨潇潇，鸡鸣胶胶。既见君子，云胡不瘳。

风雨如晦，鸡鸣不已。既见君子，云胡不喜。

九章·涉江（节录）

屈　原

入溆浦余儃佪兮，迷不知吾所如。深林杳以冥冥兮，乃猿狖之所居。山峻高以蔽日兮，下幽晦以多雨。霰雪纷其无垠兮，云霏霏其承宇。哀吾生之无乐兮，幽独处乎山中。

野　望

王　绩

东皋薄暮望，徙倚欲何依。树树皆秋色，山山惟落晖。

牧人驱犊返，猎马带禽归。相顾无相识，长歌怀采薇。

踏莎行

秦　观

雾失楼台，月迷津渡。桃源望断无寻处。可堪孤馆闭春寒，杜鹃声里斜阳暮。

驿寄梅花，鱼传尺素。砌成此恨无重数。郴江幸自绕郴山，为谁流下潇湘去。

以上三条论秦观词。第二十八条是秦词与小晏词的比较。第二十九条论秦词风格特点。第三十条论秦词对前代的继承。晏幾道和秦观都是北宋时期重要词人。晏幾道的父亲晏殊在宋仁宗朝官至宰相，但晏幾道只做过颍昌府许田镇监、乾宁军通判、开封府判官等，晚年家境中落。秦观是“苏门四学士”之一，曾任太学博士，兼国史院编修官，但仕途坎坷，屡遭打击，被贬到遥远偏僻的处州、郴州和雷州，遇赦放还，北归途中死于藤州（今广西藤县）。两人的生平遭遇都颇为不幸，但秦观更甚。他们的不少词作中，充满了凄楚伤感、缠绵哀怨的情调。正因如此，冯煦才把晏幾道和秦观相提并论，认为他们都是“古之伤心人也。其淡语皆有味，浅语皆有致”。王国维认为，冯煦的这些话只适用于秦观，而晏词则充满了矜持华贵的贵族气息，其价值低于秦词。王国维的分析和评价是符合实际的，因为晏幾道虽然落魄沉沦，但毕竟出身于太平宰相之家，其词作中富贵气在所难免，而秦词中那种由于仕途坎坷、屡遭贬谪而产生的刻骨铭心的痛苦和愤懑，在小晏词中是不可能具有的。秦词的情感更沉挚，小晏词则较浮泛；秦词的色彩较淡雅，小晏词则较浓艳。王国维以"凄婉"概括秦词的风格也比较准确。所谓"凄婉"，就是凄楚伤感、缠绵委婉，或者"清丽婉约，辞情相称，诵之回肠荡气"（夏敬观《吷庵手校淮海词跋》）。

王国维认为，《诗经·郑风·风雨》、屈原《九章·涉江》、王绩《野望》与秦观《踏莎行》"气象皆相似"。《毛传》："《风雨》，思君子也。乱世则思君子，不改其度焉。"（《十三经注疏·毛诗正义》）可见，这些作品表现的是身处乱世的贤人君子不得进用，只能避世隐居以保持其高洁情操这种相同或相似的人生境遇和情感思绪。这显然是认为秦词运用了比兴寄托的手法，并认为集中体现于"可堪孤馆"两句之中。这种解读虽似求之太深，但若结合秦观的身世遭遇，也并非全无根据的臆说。

基于这种理解，王国维认为"可堪孤馆"两句是《踏莎行》这首词的警句。景中寓情，精深高妙，凄婉之极，"变而凄厉"。和王国维不同，苏轼特别欣赏这首词的最后两句"郴江幸自绕郴山，为谁流下潇湘去"，并且写在扇面上。（见《苕溪渔隐丛话》引惠洪《冷斋夜话》）这里，秦观用郴江尚可自由流淌，反衬自己羁旅郴州不得自由。这是一句问话，但问得突兀，问得无理，透露出词人内心极度的悲苦与无奈。苏轼欣赏这两句，同样表现出很高的艺术鉴赏力。本来文学鉴赏就是心灵在佳作中的探险。仁者见仁，智者见智。由于鉴赏者生活阅历和审美趣味的不同，对于同一作品往往会有不同的理解和体悟。所以，说苏轼特别欣赏这首词的最后两句"犹为皮相"，失之浅薄，也大可不必。

三十一

【原 文】

昭明太子[1]称：陶渊明[2]诗“跌宕昭彰，独超众类。抑扬爽朗，莫之与京”。王无功[3]称：薛收[4]赋“韵趣高奇，词义晦远。嵯峨萧瑟，真不可言”。词中惜少此二种气象，前者惟东坡，后者惟白石[5]，略得一二耳。

【译 文】

萧统认为：陶渊明诗“狂放旷达，超越众家。铿锵爽朗，无与伦比”。王绩认为：薛收赋“韵趣高奇，意蕴悠远。清亮哀怨，不可言传”。可惜的是词里缺少这两种气象，前者只有苏轼，后者只有姜夔，略得其一二。

注释

❶昭明太子：即萧统（501—531），字德施，南朝梁武帝长子，天监元年（502）立为太子，未及即位而卒，谥昭明，世称昭明太子。

❷陶渊明：352 或 365 或 372 或 376—427 年在世，一名潜，字元亮，东晋诗人。

❸王无功：即王绩。详见本卷第三十条评点。

❹薛收：592—624 年在世，字伯褒，隋末唐初文学家。

❺白石：即姜夔（约 1155—约 1209），字尧章，号白石道人。南宋词人。

评点

萧统语见其《陶渊明集序》，王绩语见其《答冯子华处士书》。这里所说的“二种气象”近似于两种风格。一种是陶渊明诗狂放旷达、明快爽朗的风格，一种是薛收赋韵趣高奇、意蕴悠长的风格。王国维认为，在词人之中只有苏轼和姜夔分别略得其一二。

苏轼是北宋杰出的词人。他的词彻底冲破了“词为艳科”的创作规范，以词言情述志，开拓了词的疆域，提高了词的品格。对于苏轼变革词体的重大贡献，词论家予以高度评价。

王灼说：

> 东坡先生非心醉于音律者，偶尔作歌，指出向上一路，新天下耳目，弄笔者始知自振。(《碧鸡漫志》)

胡寅说：

> 及眉山苏氏，一洗绮罗香泽之态，摆脱绸缪宛转之度，使人登高望远，举首高歌，而逸怀浩气，超然乎尘垢之外，于是《花间》为皂隶，而柳氏为舆台矣。(《酒边词序》)

宋词的风格是百花争艳、多姿多彩的，但大而言之，则有婉约和豪放两大创作流派。“东坡在玉堂。有幕士善讴。因问：‘我词比柳词何如？’对曰：‘柳郎中词，只合十七八女孩儿，执红牙拍板，唱“杨柳岸晓风残月”；学士词，须关西大汉，执铁板，唱“大江东去”。’公为之绝倒。”（俞文豹《吹剑录》）这正描绘出两种词风的不同。但是，苏词豪放但不粗犷，而是情致旷达，意味韶秀。诚如周济所说：“人赏东坡粗豪，吾赏东坡韶秀。韶秀是东坡佳处，粗豪则病也。”（《介存斋论词杂著》）王国维以“跌宕昭彰”“抑扬爽朗”概括苏词的特点，强调了狂放旷达这一方面。但认为苏词对这种风格仅“略得一二”，又似乎估价过低。

姜夔是南宋重要词人。他精通音律，注重词法。他的词音调谐婉，辞句精美，虽深受周邦彦词的影响，但其清幽峭拔的风格又与周词有明显差别。张炎极为推崇姜词。他说："词要清空，不宜质实。清空则古雅峭拔，质实则凝涩晦昧。姜白石词如野云孤飞，去留无迹……不惟清空，又且骚雅，读之使人神观飞越。"(《词源》)姜词多以低沉哀怨的调子，抒写个人幽独冷僻的情感思绪，颇有西风残蝉、暗雨冷蛩的气息。其长处和特色在于此，其缺点与不足也在于此。王国维以"韵趣高奇""嵯峨萧瑟"概括姜词的风格特点，其含义与清幽峭拔相近，也就是肯定姜词"格韵高绝"(参见本卷第三十九条)。这里所说的"词义晦远"并不适用于姜词，王国维曾批评姜词"无言外之味，弦外之响"(参见本卷第四十二条)。王国维借用前人的话来概括姜词风格，实难丝丝入扣。他对姜词总体评价不高，认为他仅是二流词人。(请参见有关各条评点)

三十二

【原 文】

词之雅郑，在神不在貌。永叔、少游虽作艳语，终有品格。方之美成[1]，便有淑女与倡伎之别。

【译 文】

词的雅正淫靡，在于精神，不在于外貌。欧阳修和秦观虽然也写艳丽的辞句，终归有品格。比起周邦彦词来，便有贤惠女子和娼妓歌女的区别。

注 释

❶美成：即周邦彦（1056—1121），字美成，号清真居士，钱塘（今浙江杭州）人。北宋词人。

评点

这一条论周词与欧词、秦词品格之高下。请参见下一条评点。

三十三

【原文】

美成深远之致不及欧、秦。惟言情体物，穷极工巧，故不失为第一流之作者。但恨创调之才多，创意之才少耳。

【译文】

周邦彦深远的情致比不上欧阳修和秦观。唯有抒情写景，极为工致精巧，所以仍然不失为第一流的词人。然而遗憾的是，创新曲调的才能多，创新词意的才能少。

评点

这两条论周邦彦词，并对周词和欧词、秦词的品格进行比较。王国维认为周词淫靡，但“言情体物，穷极工巧”，这是对周词的思想内容持否定态度，而对其艺术成就给予充分肯定。

历代词论家对周词的评价有分歧。多数词论家对周词给予很高评价。陈振孙说：“清真词多用唐人诗语檃括入律，浑然天成，长调尤善铺叙，富艳精工，词人之甲乙也。”（《直斋书录解题》）陈郁说：“美成自号清真，二百年来，以乐府独步。贵人、学士、市儇、妓女，皆知美成词为可爱。”（《藏一话腴》）沈义父说：“凡作词当以清真为主。盖清真最为知音，且无一点市井气，下字运意，皆有法度，往往自唐宋诸贤诗句中来，而不用经史中生硬字面，此所以为冠绝也。”（《乐府指迷》）周济说：“清真，集大成者也。”（《宋四家词选目录序论》）陈廷焯说：“词至美成，乃有大宗，前收苏、秦之终，后开姜、史之始，自有词

人以来，不得不推为巨擘。后之为词者，亦难出其范围。”(《白雨斋词话》)

但是，也有词论家在肯定周词的艺术成就的同时，对其品格意趣有微词，甚至持完全否定态度。张炎说：“美成词只当看他浑成处，于软媚中有气魄，采唐诗融化如自己者，乃其所长，惜乎意趣却不高远。”(《词源》)刘熙载说：“周美成词，或称其无美不备。余谓论词莫先于品。美成词信富艳精工，只是当不得一个‘贞’字。是以士大夫不肯学之，学之则不知终日意萦何处矣。”“周美成律最精审，史邦卿句最警炼，然未得为君子之词者，周旨荡而史意贪也。”(《艺概·词曲概》)王国维的看法与这种意见相近，并且明显受到刘熙载的影响。

其实，如果我们仔细阅读周词就会发现，其文字是典雅的，其情感的表达是含蓄的，尽管其思想内容不出男女情爱、相思别离、伤怀念远之类，但绝不能说不“贞”“郑”，淫靡放荡。那么，刘熙载和王国维究竟是根据什么做出“周旨荡”、周词“郑”，如同“倡伎”的结论？我们知道，在宋人笔记中记载了不少周邦彦的风流韵事，并把这些和他的一些词联系起来。在这些记载中，周邦彦完全是一个寻花问柳的无行文人的形象。戴着这样的有色眼镜读周词，自然会做出上述结论。后来，王国维对这些记载进行了认真的考辨，认识到纯属无稽之谈。这时，他对周邦彦及其词的评价发生了巨大变化。他认为周邦彦“立身颇有本末”，赞扬他的词“精工博大”，称他为“词中老杜”[请参见本书附录《清真先生遗事（节录）》]。

王国维对周词评价的变化对我们进行文学作品研究有着重要的启示。在研究文学作品时，知人论世，也就是了解作家所处的社会环境及其生平经历、立身行事是完全必要的。但所根据的材料必须翔实可靠，不能是捕风捉影的传闻。就是资料翔实可靠，也不能简单地用来阐释作品，甚至机械地进行比附。应该注重我们的研究对象——作品文本，对文本进行审美的、艺术的分析和解读。只有这样，才能避免人为地拔高、贬低或扭曲作品。

三十四

【原 文】

词忌用替代字。美成《解语花》之“桂华流瓦”，境界极妙。惜以“桂华”二字代“月”耳。梦窗[1]以下，则用代字更多。其所以然者，非意不足，则语不妙也。盖意足则不暇代，语妙则不必代。此少游之“小楼连苑”“绣毂雕鞍”所以为东坡所讥也。

【译 文】

词忌用替代字。周邦彦《解语花》词的“桂华流瓦”，境界极为美妙。可惜用“桂华”两个字代替“月”。吴文英以下的词人，就用替代字更多了。之所以如此，不是文意不充实，就是文辞不巧妙。大概文意充实就来不及用替代字，文辞巧妙就不必用替代字。这就是秦观的“小楼连苑”“绣毂雕鞍”之所以被苏轼讥笑的原因。

注 释

❶梦窗：即吴文英（约 1212—约 1272），字君特，号梦窗、觉翁，四明（今浙江宁波）人。与周密（草窗）并称“二窗”。南宋词人。

评 点

这一条论及两首词，现转录于下：

解语花·元宵

周邦彦

风销焰蜡，露浥烘炉，花市光相射。桂华流瓦。纤云散，耿耿素娥欲下。衣裳淡雅。看楚女、纤腰一把。箫鼓喧，人影参差，满路飘香麝。

因念都城放夜。望千门如昼，嬉笑游冶。钿车罗帕。相逢处，自有暗尘随马。年光是也。唯只见、旧情衰谢。清漏移，飞盖归来，从舞休歌罢。

水龙吟

秦　观

小楼连苑横空，下窥绣毂雕鞍骤。朱帘半卷，单衣初试，清明时候。破暖轻风，弄晴微雨，欲无还有。卖花声过尽，斜阳院落，红成阵、飞鸳甃。

玉佩丁东别后，怅佳期、参差难又。名缰利锁，天还知道，和天也瘦。花下重门，柳边深巷，不堪回首。念多情，但有当时皓月，向人依旧。

黄升《花庵词选》云："秦少游自会稽入京，见东坡。……（东坡）问别作何词，秦举'小楼连苑横空，下窥绣毂雕鞍骤'。坡云：'十三个字，只说得一个人骑马楼前过。'"这里，秦观以"绣毂"代车，以"雕鞍"代骑马的人。

这一条论替代字，请参见下一条评点。

三十五

【原 文】

沈伯时[1]《乐府指迷》云："说桃不可直说破桃，须用'红雨''刘郎'等字。咏柳不可直说破柳，须用'章台''灞岸'等字。"若惟恐人不用代字者。果以是为工，则古今类书具在，又安用词为耶？宜其为《提要》[2]所讥也。

【译 文】

沈义父《乐府指迷》说："说桃不能直接点明桃，必须用'红雨''刘郎'等字代替。咏柳不能直接点明柳，必须用'章台''灞岸'等字代替。"好像唯恐人不用替代字。如果把这当成工巧，那么从古到今的类书都记载得清清楚楚，又何必作词呢？难怪他被《四库全书总目提要》所讥笑。

注 释

❶沈伯时：即沈义父，生卒年不详，字伯时，一字时斋，吴江（今江苏苏州市吴江区）人。著有《乐府指迷》一卷。

❷《提要》：即《四库全书总目提要》，亦称《四库全书总目》，共二百卷，由清永瑢、纪昀主编，对抄写入《四库全书》和仅录存名目的图书分别撰有提要，于乾隆四十六年（1781）汇编成书。

评 点

这两条论词中运用替代字。所谓用替代字，就是在描写某物时不直接点明某物而用另一词语代替。因为这一词语与该物有密切关系，读者可由这一词语自然联想到该物。周词“桂华流瓦”以“桂华”代月，是因为在神话传说里月中有桂树。之所以用“红雨”“刘郎”代“桃”，是因为李贺诗有“桃花乱落如红雨”，刘禹锡诗有“玄都观里桃千树，尽是刘郎去后栽”“种桃道士今何在，前度刘郎今又来”。之所以用“章台”“灞岸”代“柳”，是因为韩翃诗有“章台柳，章台柳，往日依依今在否?”李白词有“年年柳色，灞陵伤别”，唐代长安人有送客到灞桥折柳赠别的习俗。可见，运用替代字在很大程度上就是运用典故。

王国维反对用替代字，主张艺术描写形象鲜明，逼真传神，“语语都在目前”。他认为运用替代字容易导致艺术形象朦胧迷离，甚至因为读者缺乏必要的文化素养而不知所云。沈义父关于必须用替代字的主张是片面的。王国维对其加以批评，认为只要意足语妙就可以不用替代字。然而，我们也不能因此完全反对在诗词中运用替代字。恰当地运用替代字和典故，可以增加词语的信息量，引发读者丰富的联想和想象，从而拓宽作品的内蕴。当然，用得太多、太滥、太生僻，对于艺术表现是有害而无益的。王国维赞扬“桂华流瓦”“境界极妙”，却又因为以“桂华”代“月”而感到遗憾。在周词中，“桂华流瓦。纤云散，耿耿素娥欲下”描绘出完美的境界。“桂华流瓦”，意思是月光似乎在屋瓦上流淌。“纤云散，耿耿素娥欲下”，意思是淡云消散，月光更加明亮，月宫中仙女(看到人间元宵美景)似乎也想飞降人间。这两句不但写出了美好的月色，而且引发了读者关于月宫仙境的诗意联想。可见，用“桂华”代“月”，使境界更加美妙，更加富有浪漫意味。王国维大可不必感到遗憾。

三十六

【原文】

美成《青玉案》[1]词："叶上初阳干宿雨。水面清圆，一一风荷举。"此真能得荷之神理者。觉白石《念奴娇》《惜红衣》二词，犹有隔雾看花之恨。

【译文】

周邦彦《青玉案》词："叶上初阳干宿雨。水面清圆，一一风荷举。"真正描绘出了荷花的神态。觉得姜夔的《念奴娇》《惜红衣》两首词，仍然好像隔雾看花，令人感到遗憾。

注释

❶《青玉案》：当作《苏幕遮》。

评点

这一条论及三首词，现转录于下：

苏幕遮

周邦彦

燎沉香，消溽暑。鸟雀呼晴，侵晓窥檐语。叶上初阳干宿雨。水面清圆，一一风荷举。

故乡遥，何日去。家住吴门，久作长安旅。五月渔郎相忆否。小楫轻舟，梦入芙蓉浦。

念奴娇

姜　夔

予客武陵，湖北宪治在焉。古城野水，乔木参天，予与二三友日荡舟其间，薄荷花而饮。意象幽闲，不类人境。秋水且涸，荷叶出地寻丈，因列坐其下，上不见日。清风徐来，绿云自动，间于疏处窥见游人画船，亦一乐也。朅来吴兴，数得相羊荷花中。又夜泛西湖，光景奇绝。故以此句写之。

闹红一舸，记来时、尝与鸳鸯为侣。三十六陂人未到，水佩风裳无数。翠叶吹凉，玉容销酒，更洒菰蒲雨。嫣然摇动，冷香飞上诗句。

日暮，青盖亭亭，情人不见，争忍凌波去。只恐舞衣寒易落，愁入西风南浦。高柳垂阴，老鱼吹浪，留我花间住。田田多少，几回沙际归路。

惜红衣

姜　夔

吴兴号水晶宫，荷花盛丽。陈简斋云："今年何以报君恩？一路荷花相送到青墩。"亦可见矣。丁未之夏，予游千岩，数往来红香中，自度此曲，以无射宫歌之。

簟枕邀凉，琴书换日，睡余无力。细洒冰泉，并刀破甘碧。墙头唤酒，谁问讯、城南诗客。岑寂、高柳晚蝉，说西风消息。

虹梁水陌，鱼浪吹香，红衣半狼藉。维舟试望，故国眇天北。可惜渚边沙外，不共美人游历。问甚时同赋，三十六陂秋色。

这一条和第三十九条，主要论姜夔写景词。请参见第三十九条评点。

三十七

【原 文】

东坡《水龙吟》咏杨花，和韵而似原唱。章质夫[1]词原唱而似和韵。才之不可强也如是。

【译 文】

苏轼《水龙吟》咏杨花，虽然是和韵，却像原唱。章楶词虽然是原唱，然而却像和韵。才能的高低不可强求由此可见。

注 释

❶章质夫：即章楶（1027—1102），字质夫，北宋名将、词人。

评 点

现将章楶的《水龙吟》和苏轼的和韵词转录于下：

水龙吟

章　楶

燕忙莺懒花残，正堤上、柳花飘坠。轻飞乱舞，点画青林，全无才思。闲趁游丝，静临深院，日长门闭。傍珠帘散漫，垂垂欲下，依前被、风扶起。

兰帐玉人睡觉，怪春衣、雪沾琼缀。绣床旋满，香球无数，才圆却碎。时见蜂儿，仰粘轻粉，鱼吞池水。望章台路杳，金鞍游荡，有盈盈泪。

水龙吟

次韵章质夫杨花词

苏 轼

似花还似非花，也无人惜从教坠。抛家傍路，思量却是，无情有思。萦损柔肠，困酣娇眼，欲开还闭。梦随风万里，寻郎去处。又还被、莺呼起。

不恨此花飞尽，恨西园、落红难缀。晓来雨过，遗踪何在，一池萍碎。春色三分，二分尘土，一分流水。细看来，不是杨花，点点是离人泪。

这一条论章楶词和苏轼和韵词的高低优劣。和韵，就是用原韵和他人诗词。次韵是和韵的一种形式。唐代诗人元稹和白居易、皮日休和陆龟蒙多有和韵之作，到宋代之后更为盛行。诗如此，词亦然。和韵在形式上的要求相当严格，尤其是次韵（也叫步韵），不但要用所和作品的原韵原字，而且先后次序也必须相同。这就给思想感情的表达和抒发带来很大限制。为了符合次韵的形式要求，难免以辞害义。所以，严羽说："和韵最害人诗。"（《沧浪诗话》）

但是，艺术本身就是戴着镣铐跳舞。没有形式规范，也就没有艺术。对于天才高绝、技巧纯熟的艺术家，他既能严格遵循艺术形式的规范，又能充分获得艺术表现的自由，"出新意于法度之中，寄妙理于豪放之外"（苏轼语）。芭蕾艺术对女演员的足尖技巧有严格的规范和限制。但是，杰出舞蹈家的舞步，如行云，如流水，舒卷自如，姿态横生。这是艺术的化境，是自由与必然的统一。苏轼这首和韵词就是如此。"此首咏杨花，遗貌取神，压倒古今。""一气连贯，文笔空灵。"（唐圭璋《唐宋词简释》）这首词明写杨花神态，暗寓思妇情怀，状物惟妙惟肖，抒情思致深沉，虽是一首和作，但丝毫没有迁就原作用韵的痕迹，信笔挥洒，浑然而就。应该承认，章词也是一首优秀的咏物词，但他侧重描绘杨花的情态。苏词则自出新意，状物和抒情融浑无迹，创造出空灵飞动而又缠绵哀怨的境界。从总体上看，苏词高于章词。“和韵而似原唱”，“原唱而似和韵”，正表现出艺术才能的高下。其实，我们读毛泽东的《浣溪沙》（和柳亚子先生）以及柳亚子的原作，也有这种“和韵而似原唱”“原唱而似和韵”的感觉，也难免要发“才之不可强也如是”之叹。

最后，还应说明一个小问题。章词前两句“燕忙莺懒花残，正堤上、柳花飘坠”中，“柳花”即“柳絮”。随后三句“轻飞乱舞，点画青林，全无才思”，出处是韩愈《晚春》诗：“杨花榆荚无才思，惟解漫天作雪飞。”这分明又是咏杨花。章楶似乎是把柳絮和杨花混为一谈。苏轼把章词称为“杨花词”，似乎对此也表示默认。把杨花和柳絮当成一种东西，这岂不是错了？错是错了，然而事出有因。杨、柳同科而异属，其种子均成白絮飞散。在古诗文中，杨、柳常通用，垂柳亦称垂杨、垂杨柳（《水浒传》中就有鲁智深倒拔垂杨柳）。杨花和柳絮因其形态相近，又都在暮春时节飞扬于空中，因此常常通用，甚至被误认为是一种东西。章、苏二人就是如此。古代诗人以审美的眼光观照世间万物，暮春时节纷纷扬扬漫天飞舞的杨花和柳絮，往往触动他们的情怀思绪，被摄取为他们笔下的美的意象。杜甫有“落絮游丝亦有情”，刘禹锡有“春尽絮飞留不得”，皇甫松有“桃花柳絮满江城”，顾夐有“教人梦魂逐杨花”，冯延巳有“撩乱春愁如柳絮”，张先有“无数杨花过无影”。这些都是描绘杨花、柳絮的优美诗句。而咏杨花、柳絮的绝唱，则是章、苏二词。当然，苏词更胜一筹。他们都没有认真研究杨花和柳絮究竟是一种东西还是两种东西。或许这正是以审美的方式把握世界和以科学的方式把握世界的不同之处吧？当然，如果从植物学的观点看，杨花和柳絮是不能混为一谈的。

三十八

【原 文】

咏物之词，自以东坡《水龙吟》为最工，邦卿①《双双燕》次之。白石《暗香》《疏影》，格调虽高，然无一语道着，视古人“江边一树垂垂发”等句何如耶？

【译 文】

咏物词，自然是以苏轼《水龙吟》最工致，史达祖《双双燕》次之。姜夔的《暗香》《疏影》，格调虽高，却没有一句话描绘得鲜明传神，比起古人的“江边一树垂垂发”等诗句，其高下又怎样呢？

注 释

❶邦卿：即史达祖，字邦卿，号梅溪，汴（今河南开封）人。南宋词人。

评 点

这一条论及四首词、一首诗，除苏轼《水龙吟》已见前条评点外，现将另外四首转录于下：

双双燕・咏燕

史达祖

过春社了，度帘幕中间，去年尘冷。差池欲住，试入旧巢相并，还相雕梁藻井。又软语、商量不定。飘然快拂花梢，翠尾分开红影。

芳径。芹泥雨润。爱贴地争飞，竞夸轻俊。红楼归晚，看足柳昏花暝。应自栖香正稳。便忘了、天涯芳信。愁损翠黛双蛾，日日画阑独凭。

暗 香

姜 夔

辛亥之冬，予载雪诣石湖。止既月，授简索句，且征新声。作此两曲，石湖把玩不已，使工妓隶习之，音节谐婉，乃名之曰《暗香》《疏影》。

旧时月色，算几番照我，梅边吹笛。唤起玉人，不管清寒与攀摘。何逊而今渐老，都忘却春风词笔。但怪得竹外疏花，香冷入瑶席。

江国，正寂寂。叹寄与路遥，夜雪初积。翠尊易泣，红萼无言耿相忆。长记曾携手处，千树压西湖寒碧。又片片、吹尽也，几时见得。

疏 影

姜 夔

苔枝缀玉，有翠禽小小，枝上同宿。客里相逢，篱角黄昏，无言自倚修竹。昭君不惯胡沙远，但暗忆、江南江北。想佩环、月夜归来，化作此花幽独。

犹记深宫旧事，那人正睡里，飞近蛾绿。莫似春风，不管盈盈，早与安排金屋。还教一片随波去，又却怨、玉龙哀曲。等恁时、重觅幽香，已入小窗横幅。

和裴迪登蜀州东亭送客逢早梅相忆见寄

杜 甫

东阁官梅动诗兴，还如何逊在扬州。此时对雪遥相忆，送客逢春可自由。

幸不折来伤岁暮，若为看去乱乡愁。江边一树垂垂发，朝夕催人自白头。

这一条和第三十六条、第三十九条主要论姜夔写景词和咏物词，请参见第三十九条评点。

三十九

【原 文】

白石写景之作，如“二十四桥仍在，波心荡、冷月无声”“数峰清苦，商略黄昏雨”“高树①晚蝉，说西风消息”。虽格韵高绝，然如雾里看花，终隔一层。梅溪、梦窗诸家写景之病，皆在一“隔”字。北宋风流，渡江遂绝，抑真有运会存乎其间耶？

【译 文】

姜夔的写景词，比如“二十四桥仍在，波心荡、冷月无声”“数峰清苦，商略黄昏雨”“高树晚蝉，说西风消息”，虽然格调高超音韵谐婉，然而却像雾里看花，终隔一层。史达祖、吴文英等词人写景的弊病，都在于一个“隔”字。北宋词人的流风余韵，到南宋就荡然无存了，也许真是时势风习所决定的吧？

注 释

❶树：一作“柳”。

评 点

这一条论及三首词。“高树晚蝉，说西风消息”是《惜红衣》中的句子。这首词请参见本卷第三十六条评点。现将另外两首词转录于下：

扬州慢

姜 夔

淳熙丙申至日，予过维扬。夜雪初霁，荠麦弥望。入其城，则四顾萧条，寒水自碧。暮色渐起，戍角悲吟。予怀怆然，感慨今昔，因自度此曲。千岩老人以为有黍离之悲也。

淮左名都，竹西佳处。解鞍少驻初程。过春风十里，尽荠麦青青。自胡马窥江去后，废池乔木，犹厌言兵。渐黄昏，清角吹寒，都在空城。

杜郎俊赏，算而今、重到须惊。纵豆蔻词工，青楼梦好，难赋深情。二十四桥仍在，波心荡、冷月无声。念桥边红药，年年知为谁生？

点绛唇

丁未过吴松作

姜　夔

燕雁无心，太湖西畔随云去。数峰清苦，商略黄昏雨。

第四桥边，拟共天随住。今何许，凭阑怀古，残柳参差舞。

这一条和第三十六、三十八条论姜夔写景词和咏物词。王国维认为，姜夔的写景词和咏物词虽然“格韵高绝”，却做不到摹写物态得其“神理”，因而“如雾里看花，终隔一层”，“犹有隔雾看花之恨”。

所谓“格韵高绝”，“格”指格调，“韵”指音韵，意思是格调高、音韵美，既风格清幽峭拔、清空灵动，又音调谐婉、辞句精美（参见本卷第三十一条评点）。王国维认为，这是姜词的成功之处。这种见解和前代词论家的看法大体一致。刘熙载说：“姜白石词幽韵冷香，令人挹之无尽。拟诸形容，在乐则琴，在花则梅也。”（《艺概·词曲概》）陈廷焯说：“白石词，以清虚为体，而时有阴冷处，格调最高。”（《白雨斋词话》）“格韵高绝”与“幽韵冷香”“格调最高”提法相通或相似。

但是，王国维认为姜词缺乏对物象和景物的形象具体、逼真传神的描绘。《暗香》《疏影》虽被称为咏梅名作，《念奴娇》《惜红衣》虽被称为咏荷名作，但只有“疏花”“红萼”“青盖亭亭”“田田多少”等泛泛的词语，《扬州慢》

《点绛唇》的写景则给人以朦胧迷离之感。相比之下，周邦彦《青玉案》写荷花，苏轼《水龙吟》咏杨花和史达祖《双双燕》咏燕，却都尽态极妍，形神俱似。“叶上初阳干宿雨。水面清圆，一一风荷举”，“得荷之神理”；“似花还似非花”，只能是杨花柳絮，不得移咏他花；“又软语、商量不定”写燕语呢喃；“飘然快拂花梢，翠尾分开红影”写燕飞轻俏，均可称神来之笔。这种艺术描写，恰恰是姜词所不具备的。通过对姜词的评论，可以看出，王国维倡导艺术形象描绘鲜明生动，不赞赏形象朦胧迷离。简言之，在“隔”与“不隔”，或“隐”与“显”之间，王国维明显地肯定“不隔”或“显”。

四十

【原 文】

问“隔”与“不隔”之别。曰：陶、谢①之诗不隔，延年②则稍隔矣。东坡之诗不隔，山谷③则稍隔矣。“池塘生春草”，“空梁落燕泥”等二句，妙处惟在不隔。词亦如是。即以一人一词论。如欧阳公④《少年游》咏春草上半阕云：“阑干十二独凭春，晴碧远连云。千里万里，二月三月，行色苦愁人。”语语都在目前，便是不隔。至云：“谢家池上，江淹浦畔。”则隔矣。白石《翠楼吟》：“此地宜有词仙，拥素云黄

【译 文】

请问“隔”与“不隔”的区别。回答说：陶渊明、谢灵运的诗不隔，颜延之的诗就稍微有些隔。苏轼的诗不隔，黄庭坚的诗就稍微有些隔。“池塘生春草”“空梁落燕泥”这两句诗，妙处只在于不隔。词也是如此。就以一位词人的一首词而论，比如欧阳修的《少年游》咏春草上半阕：“阑干十二独凭春，晴碧远连云。千里万里，二月三月，行色苦愁人。”句句所描写的景物都浮现于眼前，便是不隔。到后面说：“谢家池上，江淹浦畔。”就隔了。姜夔的《翠楼吟》：“此地宜有词仙，拥素云黄鹤，与君游戏。玉梯

鹤，与君游戏。玉梯凝望久，叹芳草、萋萋千里。”便是不隔。至“酒祓清愁，花消[5]英气”则隔矣。然南宋词虽不隔处，比之前人，自有浅深厚薄之别。

凝望久，叹芳草、萋萋千里。”便是不隔。到“酒祓清愁，花消英气”就隔了。然而南宋词即使不隔的地方，比起前代词人来，也自有深浅厚薄的区别。

注释

❶陶、谢：即陶渊明、谢灵运。谢灵运（385—433），南朝宋诗人。

❷延年：即颜延之（384—456），字延年，南朝宋诗人。

❸山谷：即黄庭坚（1045—1105），字鲁直，号山谷道人、涪翁，北宋诗人、书法家。

❹欧阳公：即欧阳修。详见前文注。

❺消：一作“销”。

评点

这一条论及两首词，一首是欧阳修的《少年游》，请参见本卷第二十三条评点。另一首转录于下：

翠楼吟

姜　夔

淳熙丙午冬，武昌安远楼成，与刘去非诸友落之，度曲见志。予去武昌十年，故人有泊舟鹦鹉洲者，闻小姬歌此词。问之，颇能道其事。还吴，为予言之。兴怀昔游，且伤今之离索也。

月冷龙沙，尘清虎落，今年汉酺初赐。新翻胡部曲，听毡幕元戎歌吹。层楼高峙，看槛曲萦红，檐牙飞翠。人姝丽，粉香吹下，夜寒风细。

此地宜有词仙，拥素云黄鹤，与君游戏。玉梯凝望久，叹芳草、萋萋千里。天涯情味。仗酒祓清愁，花消英气。西山外。晚来还卷，一帘秋霁。

这一条和第四十一条、五十六条，都是论“隔”与“不隔”，请参见本卷第五十六条评点。

四十一

【原 文】

“生年不满百，常怀千岁忧。昼短苦夜长，何不秉烛游。”“服食求神仙，多为药所误。不如饮美酒，被服纨与素。”写情如此，方为不隔。“采菊东篱下，悠然见南山。山气日夕佳，飞鸟相与还。”“天似穹庐，笼盖四野。天苍苍，野茫茫，风吹草低见牛羊。”写景如此，方为不隔。

【译 文】

“生年不满百，常怀千岁忧。昼短苦夜长，何不秉烛游。”“服食求神仙，多为药所误。不如饮美酒，被服纨与素。”写情像这样，才算不隔。“采菊东篱下，悠然见南山。山气日夕佳，飞鸟相与还。”“天似穹庐，笼盖四野。天苍苍，野茫茫，风吹草低见牛羊。”写景像这样，才算不隔。

评 点

在这一条里，“生年不满百”四句见《古诗十九首（之十五）》，“服食求神仙”四句见《古诗十九首（之十三）》。“采菊东篱下”四句见陶潜《饮酒二十首（之五）》，“天似穹庐”五句见《敕勒歌》。

这一条和第四十、五十六条都是论“隔”与“不隔”，请参见本卷第五十六条评点。

四十二

【原 文】

古今词人格调之高，无如白石。惜不于意境上用力，故觉其无言外之味，弦外之响，终不能与于第一流之作者也。

【译 文】

从古到今的词人，若论格调高绝，没有比得上姜夔的。可惜他不在意境上用力气，所以让人觉得他的作品缺乏言外之味、弦外之音，终究不能进入第一流词人的行列。

评 点

王国维在第三十一、三十六、三十八、三十九、四十条均论及姜词。这一条总结以上各条，除仍然肯定姜词格调高绝之外，进一步探讨姜词给人以隔雾看花之感的原因。王国维认为，根本原因在于不重视意境的创造，没有描绘出情景交融的境界。这也就必然缺乏悠远深长的韵味。这实际上是认为，姜词既缺乏深切真挚的情感抒发，也缺乏鲜明生动的形象描绘。周济说："白石词如明七子诗，看是高格响调，不耐人细思。"(《介存斋论词杂著》)王国维的看法与此相近。

姜词多是以低沉哀怨的声调抒写个人幽独冷僻的情感思绪，既没有沉痛深挚的国破家亡之痛，也没有凄楚愤懑的个人身世之感，而仅仅是一种淡淡的忧伤。所以，就情感的抒发而言，姜词不过是浅愁薄恨，给人以惝恍浮泛之感（不过，他的恋情词是例外）。王国维所说的"隔"，可能包含着对这一方面的批评。这种批评是中肯的。但是，他对姜词形象描绘方面的批评则是需要斟酌的。王国维赞赏形象鲜明的作品，对朦胧迷离的作品则有所贬低。

这种审美取向积淀着中国美学和文艺理论的悠久传统。中国古代美学和文艺理论家十分强调艺术形象的鲜明生动。汉儒论诗所提出的“赋比兴”三义已经表现出对艺术形象性的重视。钟嵘以“指事造形，穷情写物，最为详切”概括五言诗的特点，并倡导“直寻”和“自然英旨”(《诗品序》)。苏轼以“诗中有画”“画中有诗”说明王维诗画的特点，强调诗歌写景应如绘画一样形象逼真，当然也要求绘画表情应如诗歌一样深长悠远。叶燮说：“画者，天地无声之诗；诗者，天地无色之画。”(《赤霞楼诗集序》)王国维倡导“语语都在目前”，批评“如雾里看花，终隔一层”，正体现出这种审美取向。

然而，我们也应该注意到，中国古代诗词的意境并非只有形象鲜明一种类型。有的诗词的意境朦胧迷离，空灵飞动。李商隐诗和姜夔词就是其典型。这种作品同样受到广大读者的激赏。冯浩论李商隐诗说：“总因不肯吐一平直之语，幽咽迷离，或彼或此，忽断忽续，所谓善于埋没意绪者。”(《玉谿生诗集笺注》)陈廷焯论姜夔词说：“清虚骚雅，每于抑郁中饶蕴藉。”“感慨全在虚处，无迹可寻。”(《白雨斋词话》)所谓“幽咽迷离”“全在虚处”，正指出了其诗词意境朦胧迷离、空灵飞动的特点。这种类型的意境，往往能引发读者丰富的联想和想象，以至于提供了进行多种解读和阐释的可能性。持平而论，两种类型的意境各有所长也各有所短。形象鲜明者逼真如画，但易于失之浅露；朦胧迷离者婉曲蕴藉，但易于失之晦涩。姜词既有晦涩的毛病，更有情感的深度和力度不够的毛病。但我们不能因此贬低意境朦胧迷离的作品的价值。王国维对姜词的批评有道理，但因此对“隔”，即意境朦胧迷离持否定态度则是片面的。

四十三

【原 文】

南宋词人，白石有格而无情，剑南[1]有气而乏韵。其堪与北宋人颉颃者，惟一幼安[2]耳。近人祖南宋而祧北宋，以南宋之词可学、北宋不可学也。学南宋者，不祖白石，则祖梦窗，以白石、梦窗可学，幼安不可学也。学幼安者率祖其粗犷、滑稽，以其粗犷、滑稽处可学，佳处不可学也。幼安之佳处，在有性情，有境界。即以气象论，亦有“横素波、干青云”之概，宁后世龌龊小生所可拟耶？

【译 文】

南宋词人，姜夔格调高然而没有情致，陆游有气势然而缺乏韵味，其中能够和北宋词人相抗衡的，只有辛弃疾一人。近年的词人尊崇南宋而疏远北宋，以为南宋词可以学、北宋词不可学。学习南宋的词人，不是尊崇姜夔，就是尊崇吴文英，以为姜夔、吴文英可以学，辛弃疾不可学。即使是学辛弃疾的，也大多效法他的粗犷、滑稽，以为他的粗犷、滑稽处可以学，长处不可学。辛弃疾的长处，在于有性情，有境界。就是只以气象而论，也有“横素波而傍流，干青云而直上”的气概，这难道是后世品格低下的小子所能比拟的吗？

注 释

❶剑南：原指唐代剑南道，因陆游在蜀中生活多年，编有《剑南诗稿》二十卷，故称陆游为“剑南”。

❷幼安：即辛弃疾（1140—1207），字幼安，号稼轩，南宋词人。

评点

这一条论辛弃疾词。王国维认为，辛弃疾是唯一能与北宋名家相抗衡的杰出的南宋词人，其成就高于姜夔、陆游、吴文英等人，并且批评清代词人和词论家推崇姜夔、吴文英，贬低和曲解辛词的不良倾向。“有性情，有境界”“有‘横素波、干青云’之概”，是说辛词出自至性真情，能够创造境界，表现出高洁的襟怀和远大的志向。王国维高度评价辛词的成就。经过晚唐五代的发展和积累，词在宋代灿然放万丈之光焰，名家辈出，流派纷呈。元明两代，词坛较为沉寂。自明末清初起，词的创作呈中兴态势。杰出的满族词人纳兰性德崛起于清初词坛，但被奉为正宗的则是以朱彝尊为创始人和领袖的浙西词派。浙西词派提倡醇雅，宗法南宋，以姜夔词为创作典范，排斥辛弃疾的豪放词风，其末流不免失之雕琢、堆砌和肤浅。与浙西词派并立于词坛的，是以陈维崧为创始人的阳羡词派。陈维崧词格近于辛弃疾，但雄爽有余而沉郁不足。阳羡末流更不免粗犷叫嚣之弊。清中叶后，以张惠言、周济为代表的常州词派继之而起。他们以“意内言外”解词，强调比兴寄托，力宗北宋，但对姜夔、吴文英等人仍然相当推崇，对辛弃疾仍缺乏全面公正的评价。不过，周济到了晚年，看法有所改变。王国维在这里所批评的“祖南宋而祧北宋”“不祖白石，则祖梦窗”“学幼安者率祖其粗犷、滑稽”，正是针对浙西词派、阳羡词派和常州词派的流弊。

四十四

【原 文】

东坡之词旷，稼轩之词豪。无二人之胸襟而学其词，犹东施之效捧心也。

【译 文】

苏轼词旷达，辛弃疾词豪放。没有他们两个人的胸襟气度而学习他们的词，就像东施模仿西施捂心口皱眉头一样。

评点

东施效捧心，即东施效颦。《庄子·天运》：“西施病心而矉其里，其里之丑人见之而美之，归亦捧心而矉其里。”意思是说：美女西施心口疼（“病心”），在村里皱着眉头（“矉”），邻里的丑女看到，觉得西施姿态很美，回去也在村里捂着心口（“捧心”）皱着眉头。这个丑女，后世称为东施。东施效颦是机械地、仅仅从外在形式上模仿别人的意思。

这一条对苏轼和辛弃疾的词风进行对比。刘熙载说：“东坡词具神仙出世之姿。”“稼轩词龙腾虎掷。”“稼轩豪杰之词。”(《艺概·词曲概》)王国维的看法与之相近。请参见第四十六条评点。

四十五

【原文】

读东坡、稼轩词，须观其雅量高致，有伯夷、柳下惠①之风。白石虽似蝉蜕尘埃，然终不免局促辕下。

【译文】

读苏轼、辛弃疾词，必须看到他们广阔的胸怀、高远的情致，有伯夷、柳下惠的风度。姜夔虽然貌似超脱尘世，然而终究左顾右盼、局促不安。

注释

❶伯夷、柳下惠：伯夷，殷孤竹君之子。柳下惠，春秋时鲁人。孟子称伯夷为“圣之清者”（圣人之中清高的人），柳下惠是“圣之和者”（圣人之中随和的人）。在封建社会中，他们都被视为高风亮节之士。

评点

这一条肯定苏、辛词的“雅量高致”，认为姜夔词只是貌似超脱尘世，有故作高雅之嫌。请参见本卷第四十六条评点。

四十六

【原文】

苏、辛[1]，词中之狂。白石，犹不失为狷。若梦窗、梅溪、玉田[2]、草窗[3]、西麓[4]辈，面目不同，同归于乡愿而已。

【译文】

苏轼、辛弃疾，是词人中的狂者。姜夔，还不失为狷者。像吴文英、史达祖、张炎、周密、陈允平这些词人，虽然表现形式不同，却都不过是乡愿而已。

注释

❶苏辛：即苏轼、辛弃疾。

❷玉田：即张炎（1248—1314后），字叔夏，号玉田，南宋词人。

❸草窗：即周密（1232—约1298），字公谨，号草窗，南宋词人。

❹西麓：即陈允平，生卒年不详，字衡仲，一字君衡，号西麓，南宋词人。

评点

孔子按思想品格的高下把人分为三种类型：狂者、狷者和乡愿。孔子说：“狂者进取。”(《论语・子路》)狂者是激进的人，富有进取精神的人。孔子说：

“狷者，有所不为也。”（《论语·子路》）狷者是虽能独善其身但缺乏进取精神的人。孔子说：“乡愿，德之贼也。”（《论语·阳货》）乡愿是品格低下、同流合污的人。

第四十四、四十五和这一条，王国维将苏轼、辛弃疾和姜夔以及吴文英等词人进行对比。王国维是以他们词的思想品格、思想境界的高低论优劣。他认为，苏词“旷”，即旷达，狂放不羁，超脱尘俗，襟怀磊落，心地澄澈。辛词“豪”，即豪放，气势雄浑，慷慨激昂，忧国忧民，沉郁悲壮。苏、辛词的“雅量高致”是姜夔等南宋诸名家所不可企及的。进一步，王国维认为姜夔与吴文英等南宋词人在思想品格方面仍有高下之别。姜词虽不及苏、辛，但格调高绝，音韵谐婉，虽未达“狂”，犹不失为“狷”。这实际上是肯定姜词仍然表现出比较高远的思致情怀。对于吴文英等南宋名家，王国维一概斥之为“乡愿”，完全否定其作品的思想价值。实际上，南宋诸名家的词作，不少表现了或浓或淡或隐或显的家国之思或亡国之恨，在艺术上也程度不同地有所创新，不应全盘否定。

四十七

【原 文】

稼轩中秋饮酒达旦，用《天问》体作《木兰花慢》以送月，曰：“可怜今夕月，向何处、去悠悠？是别有人间，那边才见，光景[1]东头。”词人想象，直悟月轮绕地之理，与科学家密合，可谓神悟。

【译 文】

辛弃疾中秋之夜饮酒直到天明，用《天问》体作《木兰花慢》以送月。词里说：“可怜今夕月，向何处、去悠悠？是别有人间，那边才见，光景东头。”词人丰富的想象，直接领悟到月球围绕地球旋转的道理，和科学家的看法完全一致，真可以说是神悟。

注释

❶景：一作“影”。

评点

辛弃疾送月词全文如下：

木兰花慢

中秋饮酒将旦，客谓前人诗词有赋待月，无送月者，因用《天问》体赋。

可怜今夕月，向何处、去悠悠？是别有人间，那边才见，光景东头？是天外，空汗漫，但长风浩浩送中秋？飞镜无根谁系？姮娥不嫁谁留？

谓经海底问无由，恍惚使人愁。怕万里长鲸，纵横触破，玉殿琼楼。虾蟆故堪浴水，问云何玉兔解沉浮？若道都齐无恙，云何渐渐如钩？

这首词构思奇特，想象瑰丽，把对天宇的探索和神话传说熔于一炉，自出新境，从而在词史上独树一帜。

屈原《天问》中对月有二问：“夜光何德，死则又育？厥利维何，而顾菟在腹？”意思是：月亮有什么德性，它死（晦）后又能复生（明）？蟾蜍在它的腹中，对它又有什么好处？而辛弃疾这首词，则对月提出九问。

“可怜今夕月，向何处、去悠悠？”是一问，意思是：中秋之月团圆皎洁惹人爱，月亮悠悠西行，将行向何处？“是别有人间，那边才见，光景东头？”是二问，意思是：难道是（西天极处）别有人间，（月亮从这边西落）又从那边东升？“是天外，空汗漫，但长风浩浩送中秋？”是三问，意思是：太空浩渺无际，月亮是否凭借这浩浩秋风的吹送运行？“飞镜无根谁系？”是四问，意思是：是谁将无根的月亮系住？“姮娥不嫁谁留？”是五问，意思是：月中嫦娥千年不嫁，又是谁将她留下？“谓经海底问无由，恍惚使人愁。”是六问，意思是：听说月亮西经海底重返东方（究竟是真是假），让人迷离恍惚。“怕万里长鲸，纵横触破，玉殿琼楼。”是七问，意思是：（如果月亮真正西经海底重返东方，）那么月亮怎能不被恣意纵横的万里长鲸冲破撞坏？“虾蟆故堪浴水，问云何玉兔解沉浮？”是八问，意思是：月中的蟾蜍（虾蟆）当然会游水，然而月中的玉兔又怎能在水中自由沉浮？“若道都齐无恙，云何渐渐如钩？”是九问，意思是：如果说月中一切（经过海底时）都安然无恙，为什么（一轮圆月）又渐渐变成银钩似的新月？

屈原两问，一是月亮为什么有晦明变化，二是对月中有蟾蜍提出疑问。而辛弃疾的九问则更加深广。前四问包括：地球的另一边是否“别有人间”？月球是否绕地球运行，从此间西方落下，又从彼间东方升起？正如王国维所说，“词人想象，直悟月轮绕地之理”。其实不仅如此，辛弃疾还进一步提问：是什么力量推动着月球运行？显然，他对“长风浩浩”吹送月球深表怀疑，甚至猜测有一种未知的力量将月球“系”住。后五问，辛弃疾对月亮上有玉殿琼楼、嫦娥、玉兔、蟾蜍深表怀疑。这实际上是对月球西经海底重返东方深表怀疑。

中国古代的宇宙结构学说“浑天说”认为，天是一个球体，地球在其中就像蛋黄在鸡蛋内部一样。而地球则是浮在水上，日月五星均附丽在天球上运行。辛弃疾对这种学说提出了大胆的怀疑，并且猜测地球另一面“别有人间”，月球绕地球运行，设想某种未知的力量维系着月球的运行，表现出天才的领悟和大胆的探索精神。王国维把这一点明确揭示出来，可谓别具只眼。这是从现代科学的全新视角对辛弃疾送月词的解读。

四十八

【原 文】

周介存谓："梅溪词中，喜用'偷'字，足以定其品格。"刘融斋谓："周旨荡而史意贪。"此二语令人解颐。

【译 文】

周济说："史达祖词里，喜欢用'偷'字，这就足以评定他的品格了。"刘熙载说："周邦彦感情放荡，而史达祖意趣贪婪。"这两句话不禁令人失笑。

评 点

周济语，见其《介存斋论词杂著》。刘熙载语见其《艺概·词曲概》。史达祖词中喜用"偷"字，如"做冷欺花，将烟困柳，千里偷催春暮"（《绮罗香·咏春雨》）、"巧沁兰心，偷黏草甲，东风欲障春暖"（《东风第一枝·春雪》）、"讳道相思，偷理绡裙，自惊腰衩"（《三姝媚》）、"轻衫未揽，犹将泪点偷藏"（《夜合花》）等。南宋权臣韩侂胄当国时，史达祖为堂吏，颇擅权，一时士大夫无廉耻者皆奔走其门下。侂胄败，史遭黥刑，且以贬死。所谓"史意贪"，实指其倚势弄权，狐假虎威，贪得无厌，人品低下。

周济和刘熙载的话，尤其是周济那句话，说得很俏皮，所以王国维说"令人解颐"。他们的意思是，由于二人人品不高，词品自然也不高。王国维对此并未明确表态。但是，他对周词和史词的艺术成就都是肯定和赞扬的。可见，他并没有把人品和词品简单地等同起来。

四十九

【原 文】

介存谓：梦窗词之佳者，如“水光云影，摇荡绿波，抚玩无极，追寻已远”。余览《梦窗甲乙丙丁稿》中，实无足当此者。有之，其“隔江人在雨声中，晚风菰叶生秋怨”二语乎？

【译 文】

周济认为，吴文英词的优秀作品，好像“水光云影，摇荡绿波，抚玩无极，追寻已远”。我看《梦窗甲乙丙丁稿》中，实在没有当得起这种评语的。如果说有的话，那也不过是“隔江人在雨声中，晚风菰叶生秋怨”两句吧？

评 点

引语见周济《介存斋论词杂著》，“无极”，应为“无斁”。斁：厌弃。“隔江人在雨声中，晚风菰叶生秋怨”两句，出于吴文英《踏莎行》（润玉笼绡）。

这一条论吴文英词，请参见下一条评点。

五十

【原 文】

梦窗之词，吾得取其词中之一语以评之，曰：“映梦窗凌[1]乱碧。”玉田之词，余得取其词中之一语以评之，曰：“玉老田荒。”

【译 文】

吴文英词，我可以摘取他词里的一句作为评语，这就是：“映梦窗凌乱碧。”张炎词，我可以摘取他词里的一句作为评语，这就是：“玉老田荒。”

注 释

❶凌：当作“零”。

评 点

“映梦窗零乱碧”出自吴文英《秋思》（堆枕香鬟侧）。“玉老田荒”出自张炎《祝英台近》（水痕深）。吴文英，号梦窗。以“映梦窗零乱碧”作为吴词评语，实际上是说吴词“零乱”。张炎，号玉田。以“玉老田荒”作为张词评语，实际上是说张词“老”“荒”。

第四十九条和这一条评论吴文英及张炎词。显然，王国维认为吴词、张词成就甚低，毫无可称道之处。在《人间词话》之前，王国维在《人间词甲稿序》中，说他对于南宋词人“除稼轩、白石外，所嗜盖鲜矣。尤痛诋梦窗、玉田。谓梦窗砌字，玉田垒句。一雕琢，一敷衍。其病不同，而同归于浅薄。六百年来词之不振，实自此始”（参见《附录·人间词甲稿序》）。

这里所说的“砌字”“雕琢”，似可作为“零乱”的注解；“垒句”“敷衍”，似可作为“老”“荒”的注解。在王国维看来，吴文英和张炎是导致词的创作衰微的罪人。

这和多数词论家对吴文英和张炎的评价形成了巨大的反差。周济说：“梦窗奇思壮采，腾天潜渊，返南宋之清泚，为北宋之秾挚。”(《宋四家词选目录序论》)刘熙载说：“张玉田词，清远蕴藉，凄怆缠绵。”(《艺概·词曲概》)这种评价虽有溢美之嫌，但持平而论，吴文英和张炎都是南宋后期的重要词人，不应全盘否定。吴词长调虽有堆砌晦涩的缺点，却也不乏工丽沉郁之作，小令更以疏朗明快著称。张词备写身世盛衰之感，悲凉凄楚，但伤感情绪浓重。王国维的评价有失公允。

五十一

【原 文】

“明月照积雪”“大江流日夜”“中天悬明月”“黄[1]河落日圆”，此种境界，可谓千古壮观。求之于词，惟纳兰容若[2]塞上之作，如《长相思》之“夜深千帐灯”、《如梦令》之“万帐穹庐人醉，星影摇摇欲坠”差近[3]之。

【译 文】

“明月照积雪”“大江流日夜”“中天悬明月”“黄河落日圆”，这种境界，可以说是千古壮观。如果在词里寻求这种境界，只有纳兰性德塞上的作品，比如《长相思》的“夜深千帐灯”、《如梦令》的“万帐穹庐人醉，星影摇摇欲坠”还稍微相近。

注释

❶黄：当作“长”。

❷纳兰容若：即纳兰性德（1655—1685），原名成德，字容若，号楞伽山人，满洲正黄旗人，清初词人。

❸差近：稍微相近。差，副词，相当于“稍微”“大略”。

评点

“明月照积雪”，见谢灵运《岁暮》；“大江流日夜”，见谢朓《暂使下都夜发新林至京邑赠西府同僚》；“中天悬明月”，见杜甫《后出塞》；“黄河落日圆”，见王维《使至塞上》。现将论及的两首词转录于下：

长相思

纳兰性德

山一程，水一程。身向榆关那畔行，夜深千帐灯。

风一更，雪一更。聒碎乡心梦不成，故园无此声。

如梦令

纳兰性德

万帐穹庐人醉，星影摇摇欲坠。归梦隔狼河，又被河声搅碎。还睡，还睡。解道醒来无味。

这一条论纳兰性德词，请参见下一条评点。

五十二

【原 文】

纳兰容若以自然之眼观物，以自然之舌言情。此由初入中原，未染汉人风气，故能真切如此。北宋以来，一人而已。

【译 文】

纳兰性德以自然的眼光观照外物，以自然的口吻抒写感情。这是因为他刚刚进入中原地区，还没有沾染上汉族文人的风气习惯，所以才能这么真挚深切。北宋以来，这样的词人只有他一个人。

评 点

上一条和这一条论纳兰性德词。清代词论家赞扬纳兰词“婉丽凄清”（顾贞观《通志堂词序》）、“哀感顽艳”（陈维崧《词评》）、“纯任性灵，纤尘不染”（况周颐《蕙风词话》）。王国维对纳兰词也极为推崇。他赞赏纳兰词所描绘的壮观的境界，认为其成就在清代著名词人朱彝尊、陈维崧、王士禛、顾贞观之上，是北宋以来最杰出的词人。

王国维进一步探讨了纳兰词之所以取得高度成就的原因。他认为根本原因在于纯任自然，“以自然之眼观物，以自然之舌言情”，没有沾染上汉族文人的陈规陋习。自然即真。这实际上是说纳兰词能写“真景物”“真感情”，“悲凉顽艳，独有得于意境之深”（《附录·人间词乙稿序》）。

五十三

【原 文】

陆放翁[1]跋《花间集》，谓：“唐季五代，诗愈卑，而倚声[2]者辄简古可爱，能此不能彼，未可[3]以理推也。”《提要》驳之，谓：“犹能举七十斤者，举百斤则蹶，举五十斤则运掉自如。”其言甚辨。然谓词必易于诗，余未敢信。善乎陈卧子[4]之言：“宋人不知诗而强作诗，故终宋之世无诗。然其欢愉愁苦[5]之致，动于中而不能抑者，类发于诗余，故其所造独工。”五代词之所以独胜，亦以此也。

【译 文】

陆游跋《花间集》，认为：“唐末五代，诗的格调越来越低下，然而词却简古可爱，能在这方面取得成功却不能在那方面取得成功，很难讲出道理来。”《四库全书总目提要》反驳他，说道：“就像一个能举起七十斤重东西的人，举一百斤就要跌倒，举五十斤就运转自如。”话说得很有道理。然而，认为填词一定比写诗容易，我却不能赞同。还是陈子龙说得好：“宋代人不懂得诗却勉强作诗，所以整个宋代没有好诗。然而他们喜怒哀乐的感情，发自内心不吐不快，只能通过词抒发出来，所以他们的作品特别工致。”五代词之所以特别优秀，也由于这种原因。

注 释

❶陆放翁：即陆游（1125—1210），字务观，号放翁，越州山阴（今浙江绍兴）人。诗与尤袤、杨万里、范成大齐名，称“中兴四大家”，亦作“南宋四大家”。亦工词，杨慎谓其纤丽处似秦观，雄慨处似苏轼。著有《剑南

诗稿》《渭南文集》《南唐书》《老学庵笔记》等。

❷倚声：按谱填词。因为词的格律多根据前人的词谱范律而来，所以填词亦称为“倚声”。

❸可：一作“易”。

❹陈卧子：即陈子龙（1608—1647），字卧子，号大樽，松江华亭（今上海松江区）人。南明抗清将领、文学家。有《陈忠裕公全集》，另编有《皇明经世文编》。

❺苦：一作“怨”。

评点

陈子龙引语见其《王介人诗余序》。

《四库全书总目提要》“花间集”条，在引用了陆游的话后，反驳说：这是因为陆游不懂得“文之体格有高卑，人之学力有强弱”。律诗比古诗体格低下，词又比律诗体格低下。五代人学力弱于唐人，用于写诗则不足，用于填词则有余。所以五代人诗不及唐人，但词特别优秀。然后即本条中所引用的比喻。

王国维不赞成《四库全书总目提要》所说的词比诗体格低下，填词比写诗容易。他引用陈子龙的话进行反驳，认为五代词之所以特别优秀，是因为表现了真情实感。同时，他认为诗和词并无体格高下之别。

五十四

【原 文】

四言敝而有楚辞，楚辞敝而有五言，五言敝而有七言，古诗敝而有律绝，

【译 文】

四言诗衰微而后产生了楚辞，楚辞衰微而后产生了五言诗，五言诗衰微而后产生了七言诗，古诗衰微而后产生了律诗绝句，律

律绝敝而有词。盖文体通行既久，染指遂多，自成习套。豪杰之士，亦难于其中自出新意，故遁而作他体，以自解脱。一切文体所以始盛终衰者，皆由于此。故谓文学后不如前，余未敢信。但就一体论，则此说固无以易也。

诗绝句衰微而后产生了词。这是因为某种文体在社会上流行的时间长了，运用这种文体的人就会越来越多，自然形成一些僵化的程式。就是才华横溢的作者也难以在其中自出新意，所以就抛弃旧文体而创造新文体，以便自己从旧文体的束缚中解脱出来。一切文体之所以开始兴盛最终衰微，都是这种原因。所以，认为文学发展的水平后代不如前代，我不敢赞同。仅就一种文体而言，那么这种说法是不容置疑的。

评点

这一条，王国维阐述了他的文学发展观。第一，一部文学史就是各种文体前后相继、推陈出新的发展演变史。旧的文体逐渐衰微，新的文体不断产生，使文学创作保持着永恒的生机活力。其中每一种文体都经历了发生、发展、成熟、衰亡的过程。始盛终衰是每种文体发展演变的普遍规律。第二，每种文体之所以始盛终衰，是因为在其广泛流行的过程中往往形成程式规范、陈规陋习，从而丧失了创新精神。杰出的作家为了打破这种限制束缚，必然寻求和创造新文体。第三，就一种文体而言，在它达到成熟之后必然要走向衰微，因而可以说后不如前。但从整个文学发展史看，总是不断地出现新文体，取得新成果，因而总是不断发展、不断创新的。后代的文学发展水平，从总体上看必然超过前代，因而不能说今不如古。

在1912年写作的《宋元戏曲考》中，王国维进一步补充和发展了他的文学发展观，提出每个时期都产生了代表这个时期最高成就的文体。他说：

凡一代有一代之文学：楚之骚、汉之赋、六代之骈语、唐之诗、宋之词、元之曲，皆所谓一代之文学，而后世莫能继焉者也。（《宋元戏曲考·序》）

王国维发展进化的文学发展观，贯穿着反对因袭模仿，倡导革新独创的精神。同时，揭示出中国文学从以诗歌散文为中心向以词曲小说为中心，也就是从以士大夫的雅文学为主体向以平民百姓的俗文学为主体转变的历史趋势。这种文学发展观直接影响了五四新文化运动的倡导者（胡适、陈独秀等）的文学革命思想，对于中国文学实现从古代向近现代的转型产生了积极的推动作用。

五十五

【原 文】

诗之三百篇[①]、十九首[②]，词之五代北宋，皆无题也。非无题也，诗词中之意，不能以题尽之也。自《花庵》[③]、《草堂》[④]每调立题，并古人无题之词亦为之作题。如观一幅佳山水，而即曰此某山某河，可乎？诗有题而诗亡，词有题而词亡。然中材之士，鲜能知此而自振拔者矣。

【译 文】

《诗经》《古诗十九首》和五代北宋词，都是没有题目的。其实并不是没有题目，而是诗词的意蕴不能用题目包罗无遗。自从《花庵词选》《草堂诗余》每首词都立一个题目，连古人原来没有题目的词也替它加上一个题目。比如，我们欣赏一幅优美的山水画，难道可以说这只是某座山、某条河吗？诗有了题目而后诗走向衰亡，词有了题目而后词走向衰亡。然而，平庸的作者很少有人懂得这种道理而超脱流俗、卓然自立。

注 释

❶三百篇：即《诗经》，我国第一部诗歌总集，共三百零五篇。

❷十九首：即《古诗十九首》，汉代无名氏作，最早见于萧统（昭明太

子）编《文选》。

❸《花庵》：即《花庵词选》，词总集。南宋黄昇编，共二十卷。前十卷为《唐宋贤绝妙词选》，选唐、五代、北宋词人作品；后十卷为《中兴以来绝妙词选》，选南宋词人作品。

❹《草堂》：即《草堂诗余》，词总集。编者不详，或为何士信。主要选宋词，间有唐五代作品。

评点

这一条在《人间词话》手稿中，“如观一幅佳山水，而即曰此某山某河，可乎？”一句，原为：

> 诗词之题目本为自然及人生。自古人误以为美刺投赠咏史怀古之用。题目既误，诗亦自不能佳。后人才不及古人，见古名、大家亦有此等作，遂遗其独到之处而专学此种，不复知诗之本意。于是豪杰之士出，不得不变其体格，如楚辞、汉之五言诗、唐五代北宋之词皆是也。故此等文学皆无题。

王国维这里所说的“题目”有二义：一指作品的标题，二指作品的题材。所谓“诗词之题目本为自然及人生”，就是说，文学应以自然及人生为题材，表现对自然人生之真理的领悟。作家应进入无利害无欲望的审美境界，超越现实的政治利害和功名利禄之念。如果文学以“美刺投赠咏史怀古”为题材（作品必然加上相应的标题），那就必然使作者从无利害无欲望的审美境界回到现实政治利害得失的非审美境界，从而使文学丧失独立的审美价值。正因为如此，王国维认为像楚辞、汉代五言诗、唐五代北宋词这些优秀作品“皆无题”，也就是说这些作品以自然人生为题材因而没有标题，甚至愤激地说：“诗有题而诗亡，词有题而词亡。”总之，王国维倡导文学以描写自然人生为题材，具有独立的审美价值，反对用之于“美刺投赠咏史怀古”，也就是反对文学服务于政治利益或成为谋取个人功名利禄的工具。这才是王国维主张文学“无题”的真意。

五十六

【原 文】

大家之作，其言情也必沁人心脾，其写景也必豁人耳目。其辞脱口而出，无矫揉妆束之态。以其所见者真、所知者深也。诗词皆然。持此以衡古今之作者，可无大误矣。

【译 文】

大作家的作品，言情必定感人肺腑，写景必定使人如闻其声如见其形，辞句脱口而出，丝毫没有矫揉造作、浓妆艳抹的姿态。这是因为他所观察的真切、所理解的深刻。诗词都如此。拿这个标准衡量古往今来的作者，就可以没有很大的偏差和失误。

评 点

王国维在第四十、四十一条提出“隔”与“不隔”的理论，并举出大量作品作为“不隔”的例子。这一条进一步从言情、写景和文辞三方面说明如何达到“不隔”。王国维在《宋元戏曲考》中认为元剧文章之妙在于“有意境”，并进一步指出：

何以谓之有意境？曰：写情则沁人心脾，写景则在人耳目，述事则如其口出是也。古诗词之佳者，无不如是。元曲亦然。

可见，这三方面正是明确提出了意境（境界）创造的艺术要求。要做到“不隔”或“有意境”，就必须达到这三项艺术要求。

第一，就言情而言，“其言情也必沁人心脾”，诗人抒写的真情感人肺腑，使读者心潮激荡不能自已，“遂觉诗人之言，字字为我心中所欲言，而又非我之所能自言”[《清真先生遗事（节录)》]。第二，就写景而言，“其写景也必豁人耳目”，诗人描绘的景物唤起丰富的想象和联想，从而鲜明清晰地浮现于眼前，使读者恍如身临其境。第三，就文辞而言，“其辞脱口而出，无矫揉妆束之态”，也就是要求文学语言浑然天成，不假雕琢，似初发芙蓉，如行云流水，“极炼如不炼，出色而本色，人籁悉归天籁”，达到绚烂之极归于平淡的境地。因此，王国维反对堆砌典故和用替代字，因为这很容易使作品含意晦涩，形象迷离。总之，王国维要求言情真切，写景鲜明，文辞自然。这就是“不隔”或境界创造的艺术要求。

王国维这种艺术要求，从审美价值取向看，在“隐”与“显”、“雅”与“俗”之间，王国维明显地倾向于“显”与“俗”，而对于“隐”与“雅”有所排斥和贬低。他对姜夔以及吴文英、张炎等词人的批评，明显地表现出这种倾向。这种审美价值取向，似乎暗合了中国文学从以士大夫为主体的古典的雅文学向以平民为主体的近代的俗文学转变的历史趋势。尽管从历史主义观点看来，士大夫的古典雅文学也自有其价值和意义。

五十七

【原 文】

人能于诗词中不为美刺投赠之篇，不使隶事之句，不用粉饰之字，则于此道已过半矣。

【译 文】

诗人能在诗词中不写赞美讥刺拜见赠答的篇章，不使用堆砌典故的句子，不追求华丽浮艳的文字，那么对于写作之道可以说已经领悟和把握一大半了。

评点

这一条承接上一条。“美刺投赠之篇”所抒写的感情不可能真切感人，“隶事之句”所描绘的形象不可能鲜明生动，“粉饰之字”使文学语言失去自然浑成之美。根除了这些弊端，文学创作才能走上正确的道路。

五十八

【原文】

以《长恨歌》之壮采，而所隶之事，只“小玉”“双成”四字，才有余也。梅村[1]歌行，则非隶事不办。白、吴[2]优劣，即于此见。不独作诗为然，填词家亦不可不知也。

【译文】

以《长恨歌》壮美的文采，而所运用的典故，仅仅是“小玉”“双成”四个字，这是因为才能绰绰有余。吴伟业的歌行，就非运用典故不可。白居易和吴伟业孰优孰劣，从这一点就可以看出来。不只作诗是这样，词人也不能不懂得这一点。

注释

❶梅村：即吴伟业，参见本条注释②。

❷白、吴：即白居易、吴伟业。白居易（772—846），字乐天，号香山居士，唐代诗人。《长恨歌》是他的叙事诗名篇。诗中有：“金阙西厢叩玉扃，转教小玉报双成。”“小玉”是吴王夫差的女儿。“双成”是西王母的侍女。这里借指仙山宫阙中太真的侍女。吴伟业（1609—1672），字骏公，号梅村，明末清初诗人。他的歌行有《圆圆曲》《永和宫诗》等多篇。

评点

这一条以白居易歌行极少运用典故，而吴梅村歌行大量运用典故，断定白居易的艺术才能远远高于吴伟业。这主要是反对在诗词中堆砌典故。请参见本卷第五十六、五十七条评点。

五十九

【原文】

近体诗[1]体制，以五、七言绝句为最尊，律诗次之，排律最下。盖此体于寄兴言情，两无所当，殆有韵之骈体文[2]耳。词中小令如绝句，长调似律诗，若长调之《百字令》《沁园春》等，则近于排律矣。

【译文】

近体诗的体制，以五言和七言绝句为最高，律诗次一等，排律最低下。这种体制对于寄托兴致、抒发感情两者都不适宜，近似有韵的骈体文。词里的小令像绝句，长调像律诗，至于长调的《百字令》《沁园春》等，就接近排律了。

注释

❶近体诗：唐代形成的律诗和绝诗的通称，同古体诗相对而言。

❷骈体文：文体名。全篇以双句（即俪句、偶句）为主，讲究对偶、声律和藻饰。

评 点

这一条论近体诗和词的各种体制（体裁）的尊卑高下。王国维认为诗和词的体格并无高低之分。但诗词中的各种体制则有尊卑之别。他以是否有利于寄兴言情作为判断尊卑高下的标准。在他看来，绝句和小令最尊，律诗和长调次之，排律和长调中字数最多的《百字令》《沁园春》等最低。排律又称长律，是每首超过四韵八句的长篇律诗，从十句到二三百句不等。排律除首尾两联不要求对仗外，中间部分则一律对仗。这种体制在格律上的要求相当严格，往往限制束缚思想感情的自由表达。词中篇幅较长的长调也与之相似。王国维认为诗词应该充分地、淋漓尽致地抒发真情实感，而过于严格的格律往往成为一种束缚和限制。这是他把诗词体制分尊卑高下的根本原因。他的看法是有道理的。

然而对于既具有丰富的生活阅历又掌握熟练高超艺术技巧的作家而言，这种格律上的限制并非不可超越，甚至成为他表现深厚沉挚思想感情、显示卓越艺术才华的适当的艺术载体。杜甫和李商隐的排律不乏杰作，苏轼和辛弃疾的长调流传众口也是典型的例证。所以，对于诗词体制分尊卑之论，不可过于拘泥。

六十

【原 文】

诗人对宇宙人生①，须入乎其内，又须出乎其外。入乎其内，故能写之；出乎其外，故能观之。入乎其内，故有生气；出乎其外，故有高致。美成能

【译 文】

诗人对于自然人生，既要入乎其内，又要出乎其外。入乎其内，所以能描写它；出乎其外，所以能观照它。入乎其内，所以有生气；出乎其外，所以有高致。周邦彦能入乎其内，但

入而不出。白石以降，于此二事皆未梦见。

不能出乎其外。姜夔以后的词人，对于这两方面都根本没有想到过。

注释

❶宇宙人生：手稿作“自然人生”。

评点

这条论诗人与自然人生的关系，请参见下一条评点。

六十一

【原文】

诗人必有轻视外物之意，故能以奴仆命风月。又必有重视外物之意，故能与花鸟共忧乐。

【译文】

诗人必须有轻视外物之意，所以能像对待奴仆一样役使风云月露。诗人又必须有重视外物之意，所以能和花鸟虫鱼同忧共乐。

评点

上一条和这一条论诗人与自然人生的关系。王国维认为，诗人对自然人生要做到“入乎其内”与“出乎其外”、“重视外物”与“轻视外物”的统一。诗人要深入自然人生之内，才能获得丰富的创作材料，作品才有生气；诗人又要跳出自然人生之外，才能纵观生活的整体，作品才有深刻的内容和高远的情致。所谓“重视外物”，就是“入乎其内”，才能细致地感受和体察外物。所谓“轻视外物”，就是“出乎其外”，才能把外物作为表现主体情感思绪的载体。可见，文学创作以深入体验自然人生为起点，而又以表现高远情致为归宿。只有在“入乎其内”的基础上“出乎其外”，在“重视外物”的基础上“轻视外物”，作品才能既有“生气”，又有“高致”。这就既要反对卑琐的爬行的自然主义，又要反对空洞抽象脱离实际的理想主义。这种关于诗人与自然人生关系的见解，直至今日仍然对文学创作富有教益。

六十二

【原 文】

“昔为倡家女，今为荡子妇。荡子行不归，空床难独守。”“何不策高足，先据要路津？无为久贫①贱，轗轲长苦辛。”可谓淫鄙之尤。然无视为淫词、鄙词者，以其真也。五代北宋之大词人亦然。非无淫词，读之者但觉其亲切动人；非无鄙词，但觉其精力弥满。可知淫词与鄙词之病，非淫与鄙之病，而游词之病也。“岂不尔思，室是远而。”而子曰：“未之思也，夫何远之有？”恶其游也。

【译 文】

“昔为倡家女，今为荡子妇。荡子行不归，空床难独守。”“何不策高足，先据要路津？无为久贫贱，轗轲长苦辛。”可以说是淫荡鄙俗到极点了。然而没有人将其看作淫词、鄙词，是因为它感情真挚。五代北宋的大词人也是如此。他们不是没有淫词，然而读起来却只觉得亲切动人；不是没有鄙词，却只觉得精力充沛。由此可知，淫词和鄙词的弊病，不在于淫荡和鄙俗，其弊病在于游词。“难道我不想念你，因为家住得太遥远。”孔子说：“他是不想念啊，真的想念，有什么遥远呢？”这是厌恶他言不由衷。

注释

❶久贫：一作“守穷”。

评点

金应珪《词选后序》认为“近世为词，厥有三弊”，一是“淫词”，二是“鄙词”，三是“游词”。所谓“游词”，就是“哀乐不衷其性，虑叹无与乎情”。这一条即针对此而发。开头所引八句诗，出自《古诗十九首》（之二、之四）。所引孔子对诗的评论，见《论语·子罕》。

金应珪认为词有“淫”“鄙”“游”三种弊病。王国维则认为“淫”“鄙”不足为词之病，词之病在于“游”，即“哀乐不衷其性，虑叹无与乎情”，也就是言不由衷、虚情假意。他认为像《古诗十九首》和五代北宋大词人的某些作品，虽被世俗之人视为或“淫”或“鄙”，但是表现了真情实感，读起来感到“亲切动人”“精力弥满”，具有强烈的艺术感染力。虽“淫”虽“鄙”，但不“游”，就是表现了“真感情”的优秀作品。在这里，王国维冲破封建社会的世俗偏见，大胆肯定了抒写真情实感的诗词的价值，否定了言不由衷、虚情假意的作品；倡导表现真情实感的真文学，反对无病呻吟、虚情假意的伪文学，是王国维文学思想的基本出发点。所以，他对境界的界定是“能写真景物、真感情者，谓之有境界”（本卷第六条）。在“真景物、真感情”二者之中，无疑“真感情”是核心和主导。前文谈到，王国维的审美价值取向是倡“显”（艺术形象鲜明生动）重“俗”（肯定俗文学的历史地位）。这里应该补充的是，“显”“俗”的基础是“真”（表现真情实感）。

六十三

【原　文】

“枯藤老树昏鸦。小桥流水平沙[1]。古道西风瘦马。夕阳西下。断肠人在天涯。”此元人马东篱[2]《天净沙》小令也。寥寥数语，深得唐人绝句妙境。有元一代词家，皆不能办此也。

【译　文】

“枯藤老树昏鸦。小桥流水平沙。古道西风瘦马。夕阳西下。断肠人在天涯。”这是元人马致远的《天净沙》小令。虽然只有寥寥数语，却深得唐人绝句美妙境界。整个元代的词人，都做不到这一点。

注释

❶平沙：诸本多作“人家”。

❷马东篱：即马致远（约1251—1321以后），一说字千里，号东篱，元代戏曲作家和散曲家。

评点

这一条论马致远小令《天净沙》，请参见下一条评点。

六十四

【原 文】

白仁甫[1]《秋夜梧桐雨》剧，沉雄悲壮，为元曲冠冕。然所作《天籁词》，粗浅之甚，不足为稼轩奴隶。岂创者易工，而因者难巧欤？抑人各有能有不能也？读者观欧、秦[2]之诗远不如词，足透此中消息。

宣统庚戌九月脱稿于京师定武城南寓庐

【译 文】

白朴的《唐明皇秋夜梧桐雨》杂剧，沉雄悲壮，是元杂剧中最优秀的作品。然而他所作的《天籁词》却粗浅到极点，连当辛弃疾的奴仆都不合格。岂不是独创的易于工致，而因袭的难以巧妙？也许是擅长这种文体而不擅长那种文体？读者看到欧阳修和秦观的诗远不如词，也正透露出此中消息。

宣统庚戌九月脱稿于京师定武城南寓庐

注 释

❶白仁甫：即白朴（1226—1306之后），或云初名恒，字仁甫、太素，号兰谷先生，元代戏曲作家。

❷欧、秦：即欧阳修、秦观。

评 点

上一条和这一条论元人散曲和杂剧，王国维以马致远和白朴为例，说明元人擅长散曲和杂剧，其成就远在元词之上。《人间词话》以论词为中心，但这最后两条转而论元人散曲和杂剧，似乎显示王国维的研究重心将从诗词转向元曲，既济未济，余音袅袅。

卷尾为王国维追记的《人间词话》脱稿时间和地点。“宣统庚戌”为1910年。“京师定武城南寓庐”就是王国维在北京宣武门外新帘子胡同的寓所。王国维所记的脱稿处不误，但年份记错了。实际上，从光绪戊申（1908）十月开始，《人间词话》连载于《国粹学报》，分三期（第四十七、四十九、五十期）载完。1908年已开始发表，当然不会在1910年才“脱稿”。这显系追记致误。《人间词话》的写作，当在1908年夏、秋之际。

卷下

《人间词话》删稿

一

【原 文】

白石之词，余所最爱者亦仅二语，曰：“淮南皓月冷千山，冥冥归去无人管。”

【译 文】

姜夔词，我所最欣赏的也仅仅有两句，这就是：“淮南皓月冷千山，冥冥归去无人管。”

二

【原 文】

双声叠韵之论盛于六朝，唐人犹多用之。至宋以后则渐不讲，并不知二者为何物。乾嘉间，吾乡周松霭先生春著《杜诗双声叠韵谱括略》正千余年之误，可谓有功文苑者矣。其言曰：“两字同母谓之双声，两字同韵谓之叠韵。”余按：用今日各国文法通用之语表之，则两字同一子音者谓之双声。（如《南史·羊元保传》

【译 文】

双声叠韵之论兴盛于六朝，唐人使用它很多。到宋代以后就渐渐不谈论了，甚至不知道双声叠韵是什么。乾嘉期间，我的同乡周松霭先生春著的《杜诗双声叠韵谱括略》订正一千多年的错误，可以说对文坛作出了巨大的贡献。他在书中说：“两个字声母相同叫作双声，两个字韵母相同叫作叠韵。”我认为：用现在各国通用的语法术语来说，就是两个字同一子音者叫作双之“官家恨狭，更广八分”，官、家、更、广四字皆从k得声。《洛阳伽蓝记》之“狞奴慢骂”，狞、奴二字皆从n得声，慢、骂二字皆从m得声也。）两字同一母音者，谓之叠韵。（如梁武帝①之“后牖有朽柳”，后、牖、有三字双声而兼叠韵，有、朽、柳三字其母音皆为u。刘孝绰②之“梁皇长康强”，梁、长、强三字其母音皆为ian也。）自李淑③《诗苑》伪造沈约之说，以双声叠韵为诗中八病之二，后世诗家多废而不讲，亦不复用之于词。余谓苟于词之荡漾处多用叠韵，促节处用双声，则其铿锵可诵必有过于前人者。惜世之专讲音律者，尚未悟此也。

声。（如《南史·羊元保传》的“官家恨狭，更广八分”，官、家、更、广四字都从k得声。《洛阳伽蓝记》的“狞奴慢骂”，狞、奴二字都从n得声，慢、骂二字都从m得声。）两个字同一韵母，叫作叠韵。（梁武帝的“后牖有朽柳”，后、牖、有三字双声兼叠韵，有、朽、柳三字的韵母都是u。刘孝绰的“梁皇长康强”，梁、长、强三字的韵母都是ian。）自从李淑的《诗苑》伪造沈约的说法，以双声叠韵为诗中八病之二，后世的诗家便不再讲双声叠韵了，甚至不再用之于词。我认为如果能在词的音律悠扬之处使用叠韵，音律急促之处使用双声，那么所写之词必然比前人音韵和谐、朗朗上口。可惜那些非常讲究音律的作者，还没有体悟到这点。

注释

❶梁武帝：即萧衍（464—549），502—549年在位，字叔达，小字练儿，南兰陵（今江苏常州西北）人。南朝梁的建立者。

❷刘孝绰：481—539年在世，原名冉，以字行，小字阿士，彭城（今江苏徐州）人。南朝梁文学家。颇为萧统（昭明太子）所重，曾为《昭明太子集》作序。

❸李淑：1002—1059年在世，字献臣，号邯郸，徐州丰县（今江苏丰县）人。北宋官员、目录学家。

三

【原 文】

昔人但知双声之不拘四声，不知叠韵亦不拘平、上、去三声。凡字之同母音者，虽平仄有殊，皆叠韵也。

【译 文】

一般人只知道双声不拘于平、上、去、入四声，但是不知道叠韵也不拘于平、上、去三声。凡是字的韵母相同，虽然平仄不同，但也是属于叠韵。

四

【原 文】

诗至唐中叶以后，殆为羔雁之具[①]矣。故五代北宋之诗，佳者绝少，而词则为其极盛时代。即诗词兼擅如永叔、少游者，亦词胜于诗远甚。以其写之于诗者，不若写之于词者之真也。至南宋以后，词亦为羔雁之具，而词亦替矣。此亦文学升降之一关键也。

【译 文】

诗到唐代中叶之后，就成为应酬唱和的工具。所以，五代北宋诗优秀的非常少，而词却是其极盛时代。即使诗词都擅长的作家，像欧阳修和秦观，也是词远远胜于诗。这是因为诗里所表现的思想感情，不如表现在词里的真实。到南宋以后，词也成为应酬唱和的工具，因而词也走向衰落。这也是文学兴衰的重要原因之一。

注 释

❶羔雁之具：羔雁，小羊和雁，为古时礼聘应酬之物。典出《礼记·曲礼》："凡挚，天子鬯，诸侯圭，卿羔，大夫雁。"

五

【原 文】

曾纯甫[①]中秋应制作《壶中天慢》词，自注云："是夜，西兴亦闻天乐。"谓宫中乐声闻于隔岸也。毛子晋[②]谓："天神亦不以人废言。"近冯梦华复辨其诬。不解"天乐"二字文义，殊笑人也。

【译 文】

曾觌中秋应制，作《壶中天慢》词，自注说："这天晚上，西兴也听见天乐。"是说宫中的乐声，一直传到对岸。毛晋说："天上的神仙也不因为其为人而抹杀他的作品。"近代冯煦又辩驳毛晋的话没有道理。不理解"天乐"二字的文义，格外引人发笑。

注 释

❶曾纯甫：即曾觌（1109—1180），字纯甫，汴（今河南开封）人。南宋词人。

❷毛子晋：即毛晋（1599—1659），字子晋，江苏常熟人。明末清初藏书家、出版家。

六

【原 文】

梅溪、梦窗、中仙[1]、玉田、草窗、西麓诸家，词虽不同，然同失之肤浅。虽时代使然，亦其才分有限也。近人弃周鼎而宝康瓠，实难索解。

【译 文】

史达祖、吴文英、王沂孙、张炎、周密和陈允平诸位词人，词虽然不同，然而都失之肤浅。这虽然是他们所处的时代所决定的，也是因为他们才分有限。近来的词人抛弃周鼎而珍爱破瓦盆，实在令人难以理解。

注 释

❶中仙：二字原已删去。

七

【原 文】

余填词不喜作长调，尤不喜用人韵。偶尔游戏，作《水龙吟》咏杨花用质夫、东坡唱和韵，作《齐天乐》咏蟋蟀用白石韵，皆有与晋代兴之意。余之所长殊不在是，世之君子宁以他词称我。

【译 文】

我填词不喜欢写长调，尤其不喜欢写和韵词。偶尔游戏，写了首《水龙吟》咏杨花用章质夫、苏东坡唱和韵，写了首《齐天乐》咏蟋蟀用姜白石韵，都有超越原作，创新出奇的意思在内。我的长处并不在这方面，宁愿先生们称道我其他的词。

八

【原 文】

余友沈昕伯纮[1]自巴黎寄余《蝶恋花》一阕云："帘外东风随燕到。春色东来，循我来时道。一霎围场生绿草，归迟却怨春来早。　锦绣一城春水绕。庭院笙歌，行乐多年少。著意来开孤客抱，不知名字闲花鸟。"此词当在晏氏父子间，南宋人不能道也。

【译 文】

我的友人沈纮从巴黎寄给我一首《蝶恋花》："帘外东风随燕到。春色东来，循我来时道。一霎围场生绿草，归迟却怨春来早。　锦绣一城春水绕。庭院笙歌，行乐多年少。著意来开孤客抱，不知名字闲花鸟。"这首词和晏殊、晏幾道父子的作品相近，南宋词人是写不出来的。

注 释

❶ 沈昕伯纮：即沈纮，字昕伯，生卒年不详，为王国维就读东文学社时的挚友。

九

【原 文】

樊抗夫[1]谓余词如《浣溪沙》之"天末同云"、《蝶恋

【译 文】

樊炳清认为，我的词像《浣溪沙》的"天末同云"、《蝶恋花》的"昨夜

花》之“昨夜梦中”“百尺朱楼”“春到临春”等阕，凿空而道，开词家未有之境。余自谓才不若古人，但于力争第一义处，古人亦不如我用意耳。

梦中”“百尺朱楼”“春到临春”这几首，敢于独创，开辟词人从来没有写过的境界。我自己认为才能不及古人，但在力争达到最高水平方面，古人也不如我竭尽全力。

注释

❶樊抗夫：即樊炳清，字少泉，一字抗父、抗夫、抗甫，号志厚，山阴（今浙江绍兴）人。近代学者。

十

【原文】

叔本华曰：“抒情诗，少年之作也；叙事诗及戏曲，壮年之作也。”余谓：抒情诗，国民幼稚时代之作；叙事诗，国民盛壮时代之作也。故曲则古不如今（元曲诚多天籁，然其思想之陋劣，布置之粗笨，千篇一律令人喷饭。至本朝之《桃花扇》《长生殿》诸传奇，则进矣），词则今不如古。盖一则以布局为主，一则须伫兴而成故也。

【译文】

叔本华说：“抒情诗是少年的作品，叙事诗和戏曲是壮年的作品。”我认为，抒情诗是国民幼年时代的作品，叙事诗是国民壮年时代的作品。所以，戏曲是古人不如今人（元杂剧确实有很多浑然天成的作品，然而其思想的鄙俗低下，结构的粗疏笨拙，千篇一律让人感到非常可笑。到本朝的《桃花扇》《长生殿》这些传奇，就有进步了），词则今人不如古人。这大概是因为一个以精心结构为主，一个须兴会标举而成的缘故。

十一

【原 文】

北宋名家以方回为最次，其词如历下[1]、新城[2]之诗，非不华赡，惜少真味。至宋末诸家，仅可譬之腐烂制艺，乃诸家之享重名者且数百年，始知世之幸人不独曹蜍、李志[3]也。

【译 文】

北宋的著名词人以贺铸最差，他的词就像李攀龙、王士禛的诗，并非文辞不华美富丽，可惜的是缺乏真情实意。至于南宋末年诸位词人的作品，只可比之为腐烂的八股文，而他们竟然享有很高的声誉达数百年之久，由此可知，世上侥幸得名的人，并不仅是曹蜍、李志。

注 释

❶历下：即李攀龙（1514—1570），字于鳞，号沧溟，山东济南府历城（今山东济南）人。明代著名文学家。

❷新城：即王士禛。详见前文注。

❸曹蜍、李志：曹蜍指晋人曹茂之，字永世，小字蜍，彭城人；李志字温祖，江夏钟武人。二人均善书，但为人无可称处，不为时人所重。后以“曹蜍、李志”指微不足道的小人物，或表示对人的轻视。

十二

【原 文】

散文易学而难工，骈文难学而易工；近体诗易学而难工，古体诗难学而易工；小令易学而难工，长调难学而易工。

【译 文】

散文学起来容易却难以工致，骈文学起来困难却容易工致；近体诗学起来容易却难以工致，古体诗学起来困难却容易工致；小令学起来容易却难以工致，长调学起来困难却容易工致。

十三

【原 文】

古诗云：“谁能思不歌？谁能饥不食？”诗词者，物之不得其平而鸣者也。故“欢愉之辞难工，愁苦之言易巧”。

【译 文】

古诗说：“谁能思不歌？谁能饥不食？”诗词是作者遭遇不平而发出的呼喊。所以，“欢欣愉快的文辞难以工致，穷困愁苦的言语易于精巧”。

十四

【原 文】

社会上之习惯，杀许多之善人；文学上之习惯，杀许多之天才。

【译 文】

社会上的陈规陋习，扼杀了许多善人；文学上的陈规陋习，扼杀了许多天才。

十五

【原 文】

词之为体，要眇宜修①。能言诗之所不能言，而不能尽言诗之所能言。诗之境阔，词之言长。

【译 文】

词这种体裁，优美蕴藉。能够表现诗所不能表现的，却不能全部表现诗所能表现的。诗的境界开阔，词的韵味悠长。

注释

❶要眇宜修：语出《楚辞·九歌·湘君》：“美要眇兮宜修。”其中“要眇”是美好的样子，“宜修”则是修饰得恰到好处的意思。多形容女子容貌妙丽，装扮得恰到好处，兼内外之美。在文学批评中，也常用来形容词这种文体的特质，即精致细微、富于女性化的修饰之美。

十六

【原 文】

言气质，言格律[1]，言神韵，不如言境界。有境界，本也。气质、格律、神韵，末也。有境界而三者随之矣。

【译 文】

讲气质，讲格律，讲神韵，不如讲境界。有境界是根本。气质、格律、神韵是从属的。有境界，三者就自然随之具备了。

注释

❶言格律：三字原已删去。

十七

【原 文】

“西[1]风吹渭水，落日[2]满长安。”美成以之入词。白仁甫以之入曲。此借古人之境界为我之境界者也。然非自有境界，古人亦不为我用。

【译 文】

“西风吹渭水，落日满长安。”周邦彦把这种境界写进词里。白朴把这种境界写进曲里。这是借用古人的境界作为我自己的境界。然而，如果不是自己有境界，古人的境界也不能为我所借用。

注释

❶西：一作“秋”。

❷日：一作“叶”。

十八

【原文】

昔人论诗词，有景语、情语之别。不知一切景语皆情语也。

【译文】

前人论诗词，有景语、情语的区别。他们不知道所有景语实际上都是情语。

十九

【原文】

“岂不尔思，室是远而。”孔子讥之。故知孔门而用词，则牛峤[1]之“甘作一生拚，尽君今日欢”等作，必不在见删之数。

【译文】

“难道我不想念你？因为家住得太遥远。”孔子讥笑这位诗人感情不真实。由此可知，如果孔子选录词的话，那么牛峤的“甘作一生拚，尽君今日欢”等作品，一定不在被删弃的作品之列。

注释

❶牛峤：字松卿，狄道（今甘肃临洮）人。五代前蜀词人。工词，作品收入《花间集》。王国维辑有《牛给事词》一卷。

二十

【原文】

词家多以景寓情。其专作情语而绝妙者，如牛峤之“甘作一生拚，尽君今日欢”、顾敻[1]之“换我心为你心，始知相忆深”、欧阳修之“衣带渐宽终不悔，为伊消得人憔悴”、美成之“许多烦恼，只为当时，一饷留情”。此等词古今曾不多见。余《乙稿》中颇于此方面有开拓之功。

【译文】

词人多采用以景寓情的写法。那种专门作情语而又绝妙无比的句子，比如牛峤的“甘作一生拚，尽君今日欢”、顾敻的“换我心为你心，始知相忆深”、欧阳修的“衣带渐宽终不悔，为伊消得人憔悴”、周邦彦的“许多烦恼，只为当时，一饷留情”，这种词从古到今并不多见。我的《人间词乙稿》在这方面颇有开拓之功。

注释

❶顾敻：生卒年、籍贯及字号均不详，五代词人。《花间集》收其词五十余首。

二十一

【原 文】

长调自以周、柳、苏、辛为最工。美成《浪淘沙慢》二词，精壮顿挫，已开北曲之先声。若屯田[1]之《八声甘州》、东坡之《水调歌头》（中秋寄子由），则伫兴之作，格高千古，不能以常词论也。

【译 文】

长调自然是以周邦彦、柳永、苏轼和辛弃疾的作品最工致。周邦彦的两首《浪淘沙慢》，精壮顿挫，已开北曲之先声。至于柳永的《八声甘州》和苏轼的《水调歌头》（中秋寄子由），则是兴会神到的作品，格调高绝千古，不能看作寻常的作品。

注 释

❶屯田：即柳永（约987—约1053），原名三变，字景庄，后改名永，字耆卿，排行第七，崇安（今福建武夷山市）人。官屯田员外郎。世称“柳七”“柳屯田”。

二十二

【原 文】

稼轩《贺新郎》词（送[1]茂嘉十二弟）章法绝妙，且

【译 文】

辛弃疾的《贺新郎》（送茂嘉十二弟），章法绝妙，而且句句有境界，这

语语有境界，此能品而几于神者。然非有意为之，故后人不能学也。

是能品之中近乎神品的作品。然而他并不是有意这样写，所以后代词人没法仿效他。

注释

❶送：一作“别”。

二十三

【原文】

“暮雨潇潇郎不归”，当是古词，未必即白傅[1]所作。故白诗云“吴娘夜雨潇潇曲，自别苏州更不闻”也。

【译文】

“暮雨潇潇郎不归”，应当是古代的歌词，不一定就是白居易自己所写。所以白居易才在诗中说：“吴娘夜雨潇潇曲，自别苏州更不闻。”

注释

❶白傅：即白居易。因他晚年曾担任太子少傅的职务，故名。

二十四

【原 文】

稼轩《贺新郎》词："柳暗凌波路。送春归猛风暴雨，一番新绿。"又《定风波》词："从此酒酣明月夜。耳热。""绿""热"二字皆作上、去用。与韩玉[1]《东浦词·贺新郎》以"玉""曲"叶"注""女"，《卜算子》以"夜""谢"叶"食""月"，已开北曲四声通押之祖。

【译 文】

辛弃疾《贺新郎》词："柳暗凌波路。送春归猛风暴雨，一番新绿。"又《定风波》词："从此酒酣明月夜。耳热。""绿""热"二字都作上声、去声用。和韩玉《东浦词·贺新郎》以"玉""曲"叶韵"注""女"，《卜算子》以"夜""谢"叶韵"食""月"，已经开创了北曲四声通押的先例。

注释

❶韩玉：字温甫，南宋词人。南宋初，自金投宋。著有《东浦词》。

二十五

【原 文】

谭复堂[1]《箧中词选》谓："蒋鹿潭[2]《水云楼词》与成容若、项莲生[3]二百年间分鼎三足。"然《水云楼词》小令颇有境界，长调惟存气格。《忆云词》亦精实有余、超逸不足，皆不足与容若比。然视皋文、止庵[4]辈，则倜乎远矣。

【译 文】

谭献《箧中词选》认为："蒋春霖《水云楼词》和纳兰性德、项鸿祚，二百年间三足鼎立。"然而，《水云楼词》虽然小令颇有境界，长调却只存气格。项鸿祚的《忆云词》则精致质实有余，而超脱俊逸不足，都不足以和纳兰性德相提并论。当然，比起张惠言、周济这些词人，却又远远超出其上了。

注 释

❶谭复堂：即谭献（1832—1901），字仲修，号复堂，原名廷献，字涤生，浙江仁和（今杭州）人。清末词人、词论家。

❷蒋鹿潭：即蒋春霖（1818—1868），字鹿潭，江苏江阴人。清代词人。

❸项莲生：即项鸿祚（1798—1835），原名继章，又名廷纪，字子彦、莲生，号忆云，浙江钱塘（今杭州）人。清代词人。

❹止庵：即周济。详见前文注。

二十六

【原 文】

贺黄公裳[1]《皱水轩词筌》云："张玉田《乐府指迷》[2]其调叶宫商，铺张藻绘抑亦可矣，至于风流蕴藉之事，真属茫茫。如啖官厨饭者，不知牲牢之外别有甘鲜也。"此语解颐[3]。

【译 文】

贺裳《皱水轩词筌》说："张炎的《乐府指迷》，对于词的协调音律，运用辞藻的论述，也还算可以，至于风致超逸、含蓄蕴藉这方面，却完全茫然无知。这就像在公家大伙房吃饭的人，不知道除牛羊肉外还有其他甘鲜美味。"这话不禁令人失笑。

注 释

❶贺黄公裳：即贺裳。生卒年不详，字黄公，号九曲阿隐者、白凤词人，丹阳（今属江苏）人。清代词论家。

❷张玉田《乐府指迷》：张玉田即张炎。《乐府指迷》此处当为《词源》。《乐府指迷》为南宋沈义父所作，非张炎所作。

❸解颐：颐，面颊。《汉书·匡衡传》："匡说诗，解人颐。"颜师古注引如淳曰："使人笑不能止也。"后以"解颐"指大笑、欢笑。

二十七

【原 文】

周保绪济《词辨》云："玉田，近人所最尊奉，才情诣力亦不后诸人，终觉积谷作米、把缆放船，无开阔手段。"又云："叔夏所以不及前人处，只在字句上著功夫，不肯换意。""近人喜学玉田，亦为修饰字句易、换意难。"

【译 文】

周济《词辨》说："张炎是近世词人所最尊崇的，才情功力也不比其他词人低，然而总感到好像把一点儿一点儿谷子积起来才去舂米，抓住缆绳在河里行船，没有大起大落大开大合的手段。"又说："张炎之所以不及前人，是因为只在字句上下功夫，不肯创新词意。""近世词人之所以喜欢学习张炎，也是因修饰字句容易、创新词意难。"

二十八

【原 文】

词家时代之说，盛于国初。竹垞[①]谓：词至北宋而大，至南宋而深。后此词人，群奉其说。然其中亦非无具眼者。周保绪曰："南宋下不犯北宋拙

【译 文】

词的发展分为不同时期的说法，盛行于本朝初年。朱彝尊认为：词到北宋而阔大，到南宋才深厚。以后的词人，群起附和他的看法。然而，其间也并非没有独具只眼的人。周济说："南宋词下不犯北宋词朴拙粗率

率之病，高不到北宋浑涵之诣。”又曰：“北宋词多就景叙情，故珠圆玉润，四照玲珑。至稼轩、白石，一变而为即事叙景，使深者反浅，曲者反直。”潘四农[2]德舆曰：“词滥觞于唐，畅于五代，而意格之闳深曲挚则莫盛于北宋。词之有北宋，犹诗之有盛唐，至南宋则稍衰矣。”刘融斋熙载曰：“北宋词用密亦疏、用隐亦亮、用沉亦快、用细亦阔、用精亦浑。南宋只是掉转过来。”可知此事自有公论。虽止庵词颇浅薄，潘、刘尤甚，然其推尊北宋，则与明季云间诸公[3]同一卓识，不可废也。

的毛病，高不到北宋词浑成深厚的境地。”又说：“北宋词多是触景生情，所以珠圆玉润，光彩玲珑。到辛弃疾、姜夔一变而为就事写景，使深沉变成浅薄，委婉变成直露。”潘德舆说：“词起源于唐，发展于五代，然而意蕴格调的深厚沉挚在北宋时达到极盛。词有北宋，就好像诗有盛唐，到南宋便开始走向衰落了。”刘熙载说：“北宋词章法细密却也疏散，含意蕴藉却也明晰，格调深沉却也明快，结构细密却也开阔，文辞精美却也浑成。南宋词恰恰与此相反。”由此可知，北宋词和南宋词的高下，自有公论。虽然周济词颇为浅薄，潘德舆和刘熙载词水平更低，然而他们推尊北宋词，和明代末年云间派诸位词人都具有远见卓识，是不应废弃的。

注释

❶竹垞：即朱彝尊（1629—1709），字锡鬯，号竹垞，秀水（今浙江嘉兴）人。清代词人。

❷潘四农：即潘德舆（1785—1839），字彦辅，号四农，江苏山阴（今淮安淮安区人）。清代文学家。

❸云间诸公：指明末词人陈子龙、宋徵舆、李雯，三人皆为松江华亭（今上海松江区，云间为松江别称）人，时称“云间三子”。

二十九

【原文】

唐五代北宋之词，所谓“生香真色”。若云间诸公，则彩花耳。湘真①且然，况其次也者乎？

【译文】

唐五代北宋词，真可以说是“生香真色”。至于云间派诸位词人的作品，不过是彩色的纸花。陈子龙词尚且如此，何况水平在他之下的词人？

注释

①湘真：即陈子龙。详见前文注。

三十

【原文】

《衍波词》之佳者，颇似贺方回。虽不及容若，要在锡鬯、其年①之上。

【译文】

王士禛《衍波词》的优秀作品，很近似贺铸词。虽然比不上纳兰性德，总还在朱彝尊、陈维崧之上。

注释

❶锡鬯、其年：锡鬯，即朱彝尊，详见本卷第二十八条注释①。其年，指陈维崧（1625—1682），字其年，号迦陵，宜兴（今属江苏）人。明末清初文学家。“锡鬯、其年”，有版本作“浙中诸子”。

三十一

【原文】

近人词如复堂词之深婉，彊村[1]词之隐秀，皆在吾家半塘翁[2]上。彊村学梦窗而情味较梦窗反胜，盖有临川[3]、庐陵[4]之高华，而济以白石之疏越者。学人之词，斯为极则。然古人自然神妙处，尚未梦见[5]。

【译文】

近世人词像谭献词的深婉，朱孝臧词的隐秀，都在王鹏运老人之上。朱孝臧学习吴文英，情致韵味反而比吴文英更加隽永，这大概是因为他既有王安石、欧阳修那样出众的才华，而又吸收了姜夔疏散淡远的长处。学者创作的词，这算达到极点了。然而古人的自然神妙处，却根本没有梦到过。

注释

❶彊村：即朱祖谋（1857—1931），原名孝藏，字古微、藿生，号沤尹、彊村，浙江归安（今湖州）人。清末民国间词人。以词名世，宗法吴文英，后参取苏轼，为“清季四大词人”之一。叶恭绰称其“集清季词学之大成”。

❷吾家半塘翁：即王鹏运（1849—1904），字幼霞、佑遐，号半塘、鹜翁，广西临桂（今桂林）人。以词名世，被称为“清季四大词人”之首。

“吾家半塘翁”，有版本作“半塘老人”。

❸临川：即王安石（1021—1086），字介甫，号半山，抚州临川（今江西抚州）人。北宋政治家、思想家、文学家。散文雄健峭拔，为“唐宋八大家”之一。文集今有《王文公文集》《临川先生文集》两种，后人辑有《周官新义》《诗义钩沉》等。

❹庐陵：即欧阳修。详见前文注。

❺梦见：有版本作“见及”。

三十二

【原文】

宋直方[1]《蝶恋花》“新样罗衣浑弃却，犹寻旧日春衫著”、谭复堂《蝶恋花》“连理枝头侬与汝，千花百草从渠许”，可谓寄兴深微。

【译文】

宋徵舆《蝶恋花》的“新样罗衣浑弃却，犹寻旧日春衫著”、谭献《蝶恋花》的“连理枝头侬与汝，千花百草从渠许”，可以说是寄兴深沉微妙。

注释

❶宋直方：即宋徵舆（1618—1667），字直方，一字辕文，华亭（今上海松江区）人。与陈子龙、李雯以古文辞相砥砺，并称“云间三子”，又与宋存标、宋徵璧并称“三宋”。明末清初文学家。“直方”，原误作“尚木”。

三十三

【原 文】

《半塘丁稿》中和冯正中《鹊踏枝》十阕，乃《鹜翁词》之最精者。“望远愁多休纵目”等阕，郁伊惝恍，令人不能为怀。《定稿》只存六阕，殊为未允也。

【译 文】

《半塘丁稿》中和冯延巳《鹊踏枝》十首，是《鹜翁词》里最精美的作品。“望远愁多休纵目”这几首词，忧郁缠绵，恍惚迷离，令人百感交集，难以排遣。《半塘定稿》只保留其中的六首，这是很不公允的。

三十四

【原 文】

固哉，皋文之为词也！飞卿《菩萨蛮》、永叔《蝶恋花》、子瞻《卜算子》，皆兴到之作，有何命意？皆被皋文深文罗织。阮亭[①]《花草蒙拾》谓：“坡公命宫磨蝎[②]，生前为王珪、舒亶辈所苦，身后又硬受此差排。”

【译 文】

多么固陋呵！张惠言对词的解释。温庭筠的《菩萨蛮》、欧阳修的《蝶恋花》和苏轼的《卜算子》，都是一时兴之所至的作品，哪里有什么命意？然而却都被张惠言牵强附会加以曲解。王士禛在《花草蒙拾》中说：“苏轼命运乖戾，生前被王珪、舒亶这伙人苦苦折磨，去世之后又毫无道理地受到这种随由今观之，受差排者，独一坡公已耶？

意指派。”现在看来，受到随意指派的岂止苏轼一人？

注 释

❶阮亭：即王士禛。详见前文注。

❷命宫磨蝎：磨蝎，星宿名。命宫磨蝎，谓命运多舛。

三十五

【原 文】

贺黄公[①]谓：“姜论史词，不称其‘软语商量’，而称其‘柳昏花暝’，固知不免项羽学兵法之恨。”然“柳昏花暝”自是欧、秦辈吐属，后句为胜[②]。吾从白石，不能附和黄公矣。

【译 文】

贺裳认为：“姜夔论史达祖词，不称赞他的‘软语商量’，反而称赞他的‘柳昏花暝’。由此可知，他对于词的句法，就像项羽学兵法一样，只不过略知其意而已，不禁令人感到遗憾。”然而，“柳昏花暝”本来是欧阳修、秦观这一派词人的句法，似乎胜过“软语商量”。我赞同姜夔，不敢附和贺裳。

注 释

❶贺黄公：即贺裳。详见前文注。

❷欧、秦辈吐属，后句为胜：有版本作“欧、秦辈句法，前后有画工化工之殊”。

三十六

【原 文】

“池塘春草谢家春，万古千秋五字新。传语闭门陈正字，可怜无补费精神。”此遗山[1]《论诗绝句》也。美成、白石[2]、梦窗、玉田辈当不乐闻此语。

【译 文】

“池塘春草谢家春，万古千秋五字新。传语闭门陈正字，可怜无补费精神。”这是元好问的《论诗绝句》。周邦彦、姜夔、吴文英和张炎等词人恐怕不愿意听这种话。

注 释

❶遗山：即元好问（1190—1257），字裕之，号遗山，秀容（今山西忻州）人。金代文学家、文学批评家。其《论诗绝句三十首》，崇尚天然，反对柔靡、雕琢，在诗歌批评史上颇有地位。著作有《遗山集》。

❷美成、白石：四字原已删去。

三十七

【原 文】

朱子[1]《清邃阁论诗》谓：“古人有句，今人诗更无句，只是一直说将去。这般一日作百首也

【译 文】

朱熹《清邃阁论诗》说：“古人诗里有警句，今人诗里根本没有警句，只不过是信口说下去而已。这种诗一天作一百首也行。”我认为

得。”余谓北宋之词有句，南宋以后便无句，如玉田、草窗之词，所谓“一日作百首也得”者也。

北宋词有警句，南宋以后的词便没有警句，像张炎、周密词，就属于“一天作一百首也行”的这一种。

注释

❶朱子：即朱熹（1130—1200），字元晦，一字仲晦，号晦庵，别称紫阳，谥号文。祖居徽州婺源（今属江西），生于南剑州尤溪（今属福建），定居建阳（今属福建）。南宋理学家、教育家。著有《四书章句集注》《周易本义》等，后人编纂有《晦庵先生朱文公文集》《朱子语类》等。

三十八

【原 文】

朱子谓：“梅圣俞诗，不是平淡，乃是枯槁。”余谓草窗、玉田之词亦然。

【译 文】

朱熹认为：“梅尧臣诗，不是平淡，而是枯槁。”我认为周密、张炎词也是如此。

三十九

【原 文】

“自怜诗酒瘦，难应接许多春色。”“能几番游？看花

【译 文】

“自怜诗酒瘦，难应接许多春色。”“能几番游？看花又是明年。”这

又是明年。”此等语亦算警句耶？乃值如许费力。

种话难道也算警句吗？哪里值得费这么大气力。

四十

【原 文】

文文山[1]词风骨甚高，亦有境界。远在圣与[2]、叔夏、公谨诸公之上。亦如明初诚意伯[3]词，非季迪[4]、孟载[5]诸人所敢望也。

【译 文】

文天祥词风骨甚高，也有境界。远在王沂孙、张炎、周密等词人之上。正如明初刘基词，绝不是高启、杨基等人所能望其项背。

注 释

❶文文山：即文天祥（1236—1283），字履善，一字宋瑞，号文山，吉州庐陵（今江西吉安）人。南宋大臣、文学家。

❷圣与：即王沂孙（？—约 1290），字圣与，号碧山、中仙、玉笥山人，会稽（今浙江绍兴）人。南宋词人。

❸诚意伯：即刘基（1311—1375），字伯温，浙江青田南田武阳村（今属文成）人。明初大臣。明初任御史中丞兼太史令，封诚意伯。

❹季迪：即高启（1336—1374），字季迪，号槎轩、青丘子，长洲（今江苏苏州）人。明代诗人。

❺孟载：即杨基（1326—1378 后），字孟载，号眉庵，晚号香雪，原籍嘉州（今四川乐山），生长于吴县（今江苏苏州）。元末明初诗人。

四十一

【原 文】

和凝[1]《长命女》词："天欲晓。宫漏穿花声缭绕，窗里星光少。冷霞寒侵帐额，残月光沈树杪。梦断锦闱空悄悄。强起愁眉小。"此词前半，不减夏英公《喜迁莺》也。此词见《乐府雅词》，《历代诗余》选之。

【译 文】

和凝《长命女》词："天欲晓。宫漏穿花声缭绕，窗里星光少。冷霞寒侵帐额，残月光沈树杪。梦断锦闱空悄悄。强起愁眉小。"这首词的前半阕，不在夏竦《喜迁莺》之下。这首词见于《乐府雅词》，选入《历代诗余》。

注释

❶和凝（898—955）：字成绩，郓州须昌（今山东东平）人。五代词人。近人王国维辑其词为《红叶稿》一卷。

四十二

【原 文】

宋《李希声诗话》曰："唐人作诗正以风调高古为

【译 文】

宋代《李希声诗话》说："唐人作诗正是以风神格调高雅古朴为主，虽然主，虽意远语疏皆为佳作。后人有切近的当、气格凡下者，终使人可憎。”余谓北宋词亦不妨疏远。若梅溪以降，正所谓“切近的当、气格凡下”者也。

意旨淡远、辞语疏散，也都是优秀作品。后代诗人的作品有的情趣低下、气格鄙俗，总使人感到面目可憎。”我认为北宋词也不妨淡远疏散。至于史达祖以后的词人，正属于“情趣低下、气格鄙俗”这一种。

四十三

【原 文】

毛西河[①]《词话》谓：赵德麟令畤[②]作《商调鼓子词》谱西厢传奇，为杂剧之祖。然《乐府雅词》卷首所载秦观、晁补之、郑彦能[③]（名仅）《调笑转踏》，首有致语，末有放队，每调之前有口号诗，甚似曲本体例。无名氏《九张机》亦然。至董颖[④]《道宫薄媚》大曲咏西子事，凡十只曲，皆平仄通押，则竟是套曲。此可与《弦索西厢》同为曲家之荜路。曾氏置诸《雅词》卷首，所以别之于词也。颖字仲达，绍兴初人，从汪彦章[⑤]、徐

【译 文】

毛奇龄《西河词话》说：赵德麟（令畤）作《商调鼓子词》，谱写西厢传奇故事，堪称杂剧的开山祖师。但是，《乐府雅词》卷首所载秦观、晁补之、郑彦能（名仅）所作《调笑转踏》，开头有教坊致语，末了放出放队，每调之前有口号诗，却颇具曲本的体例。无名氏《九张机》也是如此。至于董颖《道宫薄媚》大曲，咏写西子故事，共十只曲，平仄通押，而且都是套曲。这类作品可以与《弦索西厢》一起，为元曲的形成开辟道路。曾氏将它们列在《乐府雅词》卷首，正是为了与词相区别。董颖字仲达，绍兴初人，曾师事汪彦

师川[6]游，彦章为作《字说》。见《书录解题》。

章、徐师川，汪彦章为他作《字说》。事见《直斋书录解题》。

注释

❶毛西河：即毛奇龄（1623—1713），字大可、齐于，号初晴、秋晴等，又以郡望称西河，浙江萧山（今杭州萧山区）人。明末清初学者、文学家。

❷赵德麟令畤：赵令畤（1064—1134），初字景贶，苏轼为之改字德麟，自号聊复翁，涿郡（今河北涿州）人。北宋词人。

❸郑彦能：即郑仅（1047—1113），字彦能，彭城（今江苏徐州）人。北宋官员、词人。

❹董颖：生卒年不详，字仲达，德兴（今属江西）人。北宋诗人。

❺汪彦章：即汪藻（1079—1154），字彦章，饶州德兴（今属江西）人。汪谷之子。南宋文学家。

❻徐师川：即徐俯（1075—1141），字师川，号东湖居士，洪州分宁（今江西修水）人。徐俯是黄庭坚的外甥。

四十四

【原文】

宋人遇令节、朝贺、宴会、落成等事，有“致语”一种。宋子京[1]、欧阳永叔、苏子瞻、陈后山[2]、文宋瑞集中皆有之。《啸余谱》列之于词曲之间。其式：先

【译文】

宋人遇节令、朝贺、宴会、落成等事，会作“致语”。宋祁、欧阳修、苏轼、陈师道、文天祥等人的文集中都有记载。《啸余谱》将“致语”列于词曲之间。其形式为：先“教坊致语”（四六

“教坊致语”（四六文），次“口号”（诗），次“勾合曲”（四六文），次“勾小儿队”（四六文），次“队名”（诗二句），次“问小儿”“小儿致语”，次“勾杂剧”（皆四六文），次“放队”（或诗或四六文）。若有女弟子队，则勾女弟子队如前。其所歌之词曲与所演之剧，则自伶人定之。少游、补之之《调笑》乃并为之作词。元人杂剧乃以曲代之，曲中楔子、科白、上下场诗，犹是致语、口号、勾队、放队之遗也。此程明善[3]《啸余谱》所以列致语于词曲之间者也。

文），次“口号”（诗），次“勾合曲”（四六文），次“勾小儿队”（四六文），次“队名”（诗二句），次“问小儿”“小儿致语”，次“勾杂剧”（皆四六文），次“放队”（或诗或四六文）。若有女弟子队，就改成勾女弟子队。其所歌之词曲与所演之剧，则由演员决定。秦观、晁补之的《调笑》中都用词的形式，元人杂剧则用曲代替，曲中楔子、科白、上下场诗，仍然是继承致语、口号、勾队、放队等形式而来。这就是程明善在《啸余谱》中把致语列于词曲之间的原因。

注释

❶宋子京：即宋祁（998—1061），字子京，开封雍丘（今河南杞县）人。北宋文学家、史学家。与兄宋庠并有文名，时称“二宋”。又因所撰千古名词《玉楼春·春景》中有“绿杨烟外晓寒轻，红杏枝头春意闹”一句，而得到“红杏尚书”的雅号。

❷陈后山：即陈师道（1053—1102），字履常、无己，号后山居士，徐州彭城（今江苏徐州）人。北宋大臣、文学家。“苏门六君子”之一，江西诗派的代表之一。

❸程明善：据族谱，程明善生于1590年，卒于1656年，字若水，明天启中监生，安徽歙县人。平时“好读乾象，又喜佞佛”，偶然在佛像中发现了《开元占经》。

四十五

【原 文】

自竹垞痛贬《草堂诗余》而推《绝妙好词》，后人群附和之。不知《草堂》虽有亵诨之作，然佳词恒得十之六七。《绝妙好词》则除张、范、辛、刘[1]诸家外，十之八九皆极无聊赖之词。甚矣，人之贵耳贱目也[2]。

【译 文】

自从朱彝尊痛贬《草堂诗余》而推崇《绝妙好词》，后人群起附和他的意见。岂不知《草堂诗余》虽然有淫秽滑稽的作品，然而优秀作品总占十分之六七。《绝妙好词》却除张孝祥、范成大、辛弃疾、刘过诸家外，十分之八九的词都极其无聊。有的人毫无主见、人云亦云，真是达到极点了。

注释

❶张、范、辛、刘：即张孝祥、范成大、辛弃疾、刘过。张孝祥（1132—1170），字安国，号于湖居士，乌江（今安徽和县东北）人。有《于湖居士文集》《于湖词》。范成大（1126—1193），字致能，一作至能，号石湖居士。苏州吴县（今江苏苏州）人。著作颇富，存世有《石湖居士诗集》《石湖词》《吴船录》《吴郡志》等。刘过（1154—1206），字改之，号龙洲道人，吉州太和（今江西泰和）人。有《龙洲集》《龙洲词》。

❷甚矣，人之贵耳贱目也：此句原作“古人云：‘小好小渐，大好大渐。’洵非虚语”，“贱目也”初作“贱目者之多也”。

四十六

【原 文】

明顾梧芳刻《尊前集》二卷，自为之引。并云：明嘉禾顾梧芳编次。毛子晋刻《词苑英华》疑为梧芳所辑。朱竹垞跋称：吴下得吴宽[1]手钞本，取顾本勘之，靡有不同，因定为宋初人编辑。《提要》两存其说。按《古今词话》云："赵崇祚《花间集》载温飞卿《菩萨蛮》甚多，合之吕鹏《尊前集》不下二十阕。"今考顾刻所载飞卿《菩萨蛮》五首，除"咏泪"一首外，皆《花间》所有，知顾刻虽非自编，亦非复吕鹏所编之旧矣。《提要》又云："张炎《乐府指迷》虽云唐人有《尊前集》《花间集》，然《乐府指迷》真出张炎与否，盖未可定。陈直斋[2]《书录解题》'歌词类'以

【译 文】

明朝顾梧芳刻有《尊前集》二卷，自己写了序。并说：明嘉禾顾梧芳编次。毛晋刻《词苑英华》怀疑是顾梧芳沿用《尊前集》旧名的新编。朱彝尊跋称：我在吴下得到吴宽的手钞本，把它同顾梧芳的刻本相互校勘，完全相同，因此断定是宋初人编辑的。《四库全书总目提要》中两种说法同时存在。按《古今词话》中说："赵崇祚《花间集》载温飞卿《菩萨蛮》甚多，合之吕鹏《尊前集》不下二十阕。"今考证顾刻本所载温庭筠《菩萨蛮》五首，除"咏泪"一首外，都是《花间集》中有的，因此知道顾刻本虽然不是自编的，但也不是吕鹏所编的旧本。《四库全书总目提要》中又说："张炎《乐府指迷》虽云唐人有《尊前集》《花间集》，然《乐府指迷》真出张炎与否，盖未可定。陈振孙《直斋书录解题》'歌词类'

《花间集》为首，注曰：此近世倚声填词之祖，而无《尊前集》之名。不应张炎见之而陈振孙不见。”然《书录解题》“阳春录”条下引高邮崔公度③语曰：“《尊前》《花间》往往谬其姓氏。”公度元④祐间人，《宋史》有传。则北宋固有此书，不过直斋未见耳。又案：黄昇《花庵词选》李白《清平乐》下注云：“翰林应制。”又云：“案：唐吕鹏《遏云集》载应制词四首，以后二首无清逸气韵，疑非太白所作”云云。今《尊前集》所载太白《清平乐》有五首，岂《尊前集》一名《遏云集》，而四首五首之不同，乃花庵所见之本略异欤？又，欧阳炯⑤《花间集序》谓：“明皇朝有李太白应制《清平乐》四首。”则唐末时只有四首，岂末一首为梧芳所羼入，非吕鹏之旧欤？

以《花间集》为首，注曰：此近世倚声填词之祖，而无《尊前集》之名。不应张炎见之而陈振孙不见。”但是《直斋书录解题》“阳春录”条下引高邮崔公度的话说：“《尊前集》《花间集》往往谬其姓氏。”崔公度是北宋元祐年间的人，《宋史》有传记载。北宋肯定已经有《尊前集》了，只是陈振孙没有看到而已。又案：黄昇《花庵词选》李白《清平乐》下注云：“翰林应制。”又云：“案：唐吕鹏《遏云集》载应制词四首，以后二首无清逸气韵，疑非太白所作”等等。今《尊前集》所载李太白《清平乐》词有五首，也许《尊前集》又名《遏云集》，而四首五首的不同，是因为黄昇所见之本与今本《尊前集》所据之本不太一样的缘故？而且欧阳炯《花间集序》谓：“明皇朝有李白应制《清平乐》四首。”那么唐末时只有四首，也许末一首为顾梧芳所羼入，不是吕鹏旧本所有？

注释

❶吴宽：1435—1504年在世，字原博，号匏庵、玉亭主，世称匏庵先生，

直隶长洲（今江苏苏州）人。明代名臣、诗人、书法家。

❷陈直斋：即陈振孙，字伯玉，号直斋，浙江安吉人。南宋藏书家、目录学家。

❸崔公度：生年不详，1097 年去世，字伯易，江苏高邮人。宋代诗人。

❹元：原误作“公”字。

❺欧阳炯（约 896—971）：益州华阳（今四川成都）人。五代后蜀官员、词人。

四十七

【原 文】

《提要》载：“《古今词话》六卷，国朝沈雄纂。雄字偶僧，吴江人。是编所述上起于唐，下迄康熙中年。”然维见明嘉靖前白口本《笺注草堂诗余》林外《洞仙歌》下引《古今词话》云：“此词乃近时林外题于吴江垂虹亭。”（明刻《类编草堂诗余》亦同。）案：升庵《词品》云：“林外字岂尘，有《洞仙歌》书于垂虹亭畔。作道装，不告姓名，饮醉而去。人疑为吕洞宾。传入宫中。孝宗笑曰：

【译 文】

《四库全书总目提要》载：“《古今词话》六卷，国朝（清朝）沈雄纂。沈雄字偶僧，吴江人。这部书记事上起唐朝，下至康熙中叶。”但是我见到明嘉靖年前刊的白口本《笺注草堂诗余》，在林外的《洞仙歌》词下引用《古今词话》说：“这首词是近年林外题在吴江垂虹亭上的。”（明刻本《类编草堂诗余》也相同。）案：杨慎《升庵词品》说：“林外字岂尘，作有《洞仙歌》，写在垂虹亭边。他身穿道家服装，不告诉别人自己的姓名，喝醉了酒后离开。人们怀疑他是吕洞宾。事传进宫中。孝宗皇帝笑着说：

‘“云崖洞天无锁”，“锁”与“老”叶韵，则“锁”音“扫”，乃闽音也。’侦问之，果闽人林外也。”（《齐东野语》所载亦略同。）则《古今词话》宋时固有此书。岂雄窃此书而复益以近代事欤？又，《季沧苇[1]书目》载《古今词话》十卷，而沈雄所纂只六卷，益证其非一书矣。

‘“云崖洞天无锁”句，“锁”与“老”字押韵，那么“锁”读音“扫”，是福建地方的口音。’派人调查，果然是福建人林外。”（《齐东野语》所记载的也大致相同。）那么，宋朝时必定已经有了《古今词话》这部书，难道是沈雄剽窃这书再增加近代的内容吗？又《季沧苇书目》载《古今词话》十卷，而沈雄所纂只有六卷，更加证明它不是同一本书。

注释

❶季沧苇：即季振宜（1630—?），字诜兮，号沧苇，江苏泰兴人。清初藏书家。黄丕烈曾刻有《季沧苇书目》。

四十八

【原文】

“君王枉把平陈业，换得雷塘数亩田”，政治家之言也；“长陵亦是闲丘陇，异日谁知与仲多”，诗人之言也。政治家之眼，域于一人一事；诗人之眼，则通

【译文】

“君王枉把平陈业，换得雷塘数亩田”，这是政治家的语言；“长陵亦是闲丘陇，异日谁知与仲多”，这是诗人的语言。政治家的眼光，局限于一人一事；诗人的眼光，则通古今而观之。词人观察事物，必

古今而观之。词人观物，须用诗人之眼，不可用政治家之眼。故感事、怀古等作，当与寿词同为词家所禁也。

须用诗人的眼光，不能用政治家的眼光。所以，感事、怀古等作品，应当和寿词一样，都是词人不应写作的。

四十九

【原 文】

宋人小说多不足信。如《雪舟脞语》谓：台州知府唐仲友眷官伎严蕊奴。朱晦庵系治之。及晦庵移去，提刑岳霖行部至台，蕊乞自便。岳问曰：去将安归？蕊赋《卜算子》词云："住也如何住"云云。案：此词系仲友戚高宣教作，使蕊歌以侑觞者，见朱子《纠唐仲友奏牍》。则《齐东野语》所纪朱、唐公案，恐亦未可信也。

【译 文】

宋朝人的小说，大多数不能相信。如《雪舟脞语》说：台州知府唐仲友眷爱官伎严蕊奴。朱熹把严蕊奴抓起来惩罚。等到朱熹调任他地，提刑岳霖巡视所辖管区到台州，严蕊奴请求他让自己自由。岳霖问她："你离开后到哪里去？"严蕊奴赋《卜算子》词说："住也如何住"等等。案：这首词是唐仲友的亲戚高宣教所作，让严蕊奴唱了劝酒的，见朱熹《纠唐仲友奏牍》。这样看来，《齐东野语》所记载朱、唐的一段公案，恐怕也不足为信。

五十

【原 文】

唐五代之词，有句而无篇。南宋名家之词，有篇而无句。有篇有句，惟李后主降宋后之作，及永叔、子瞻、少游、美成、稼轩数人而已。

【译 文】

唐五代词，虽然有警句，却没有全篇结构细密的作品。南宋名家词，虽然有全篇结构细密的作品，却没有警句。既全篇结构细密又警句超拔，只有李后主降宋以后的作品，以及欧阳修、苏轼、秦观、周邦彦和辛弃疾这几位词人的作品。

五十一

【原 文】

唐五代北宋之词家，倡优也。南宋后之词家，俗子也。二者其失相等。然词人之词，宁失之倡优而不失之俗子。以俗子之可厌，较倡优为甚故也。

【译 文】

唐五代北宋的词人，是娼妓优伶。南宋以后的词人，是凡夫俗子。二者的过失大体相等。然而词人之词，宁可失之娼妓优伶，也不失之凡夫俗子。这是因为凡夫俗子比娼妓优伶更加令人生厌。

五十二

【原 文】

《蝶恋花》（独倚危楼）一阕，见《六一词》，亦见《乐章集》。余谓：屯田轻薄子，只能道“奶奶兰心蕙性”耳。“衣带渐宽终不悔，为伊消得人憔悴”，此等语固非欧公不能道也。

【译 文】

《蝶恋花》（独倚危楼）这首词，既见于欧阳修的《六一词》，又见于柳永的《乐章集》。我认为：柳永不过是轻薄浪子，只能说出“奶奶兰心蕙性”这种话。“衣带渐宽终不悔，为伊消得人憔悴”，这种话不是欧阳修就一定说不出来。

五十三

【原 文】

读《会真记》[1]者，恶张生之薄幸而恕其奸非。读《水浒传》者，恕宋江之横暴而责其深险。此人人之所同也。故艳词可作，惟万不可作儇薄语。龚定庵[2]诗云：“偶赋凌云偶倦飞，偶然闲慕遂初衣。偶逢锦

【译 文】

读《莺莺传》的人，厌恶张生的轻薄无情而宽恕他的非礼之行。读《水浒传》的人，宽恕宋江的横行残暴而责难他的虚伪机诈。这是人们共同的态度。所以，艳词可以作，只是万万不可作轻薄的言辞。龚自珍诗说：“偶赋凌云偶倦飞，偶然闲慕遂初衣。偶逢锦瑟佳人问，便说寻春为

瑟佳人问，便说寻春为汝归。”其人之凉薄无行，跃然纸墨间。余辈读耆卿、伯可③词，亦有此感。视永叔、希文小词何如耶？

汝归。”这个人的轻薄无行，跃然纸上。我们读柳永、康与之词也有这种感觉。如果和欧阳修、范仲淹的小词加以比较，又感觉如何呢？

注释

❶《会真记》：又名《莺莺传》，元稹著，唐传奇，是关于张生、莺莺的爱情故事。

❷龚定庵：即龚自珍（1792—1841），一名巩祚，字璱人，号定盦，浙江仁和（今杭州）人。清末思想家、文学家。

❸伯可：即康与之，字伯可，号顺庵，洛阳（今属河南）人。南宋学者。

五十四

【原 文】

词人之忠实，不独对人事宜然。即对一草一木，亦须有忠实之意，否则所谓游词也。

【译 文】

词人不仅对人事应该忠实，即使对一草一木，也必须有忠实之意，否则便是所谓游词。

五十五

【原 文】

楚辞之体，非屈子所创也。《沧浪》《凤兮》之歌已与三百篇异，然至屈子而最工。五七律始于齐、梁而盛于唐。词源于唐而大成于北宋。故最工之文学，非徒善创，亦且善因。

【译 文】

楚辞这种体裁并非屈原所首创，《沧浪》《凤兮》这两首歌已经和《诗经》不同，然而到屈原才最工致。五言七言律诗起源于齐、梁而大盛于唐代。词起源于唐而大成于北宋。所以，最工致的文学，不但要勇于创新，而且要善于继承。

五十六

【原 文】

《沧浪》《凤兮》二歌，已开楚辞体格，然楚辞之最工者，推屈原、宋玉，而后此王褒①、刘向之词不与焉。五古之最工者，实推阮嗣宗②、左太冲③、

【译 文】

《沧浪》《凤兮》这两首歌，已经开创了楚辞的体格，然而楚辞最工致的作者，应属屈原、宋玉，而他们之后王褒、刘向的作品不在其中。五言古诗最工致的作者，应属阮籍、左思、郭璞、陶潜，而他们之前的曹

郭景纯[4]、陶渊明，而前此曹、刘[5]，后此陈子昂、李太白不与焉。词之最工者，实推后主、正中、永叔、少游、美成，而前此温、韦，后此姜、吴，皆不与焉。

植、刘桢，他们之后的陈子昂、李白不在其中。词最工致的作者，应属李煜、冯延巳、欧阳修、秦观、周邦彦，而他们之前的温庭筠、韦庄，他们之后的姜夔、吴文英，都不在其中。

注释

❶王褒：约513—约576年在世，字子渊，琅邪临沂（今属山东）人。南北朝时期北周诗人、文学家。

❷阮嗣宗：即阮籍（210—263），字嗣宗，陈留尉氏（今属河南）人。三国时期魏国文学家、思想家，“竹林七贤”之一。

❸左太冲：即左思（约250—约305），字太冲，齐国临淄（今山东淄博临淄区北）人。西晋著名文学家。

❹郭景纯：即郭璞（276—324），字景纯，河东闻喜（今属山西）人。东晋文学家、训诂学家。

❺曹、刘：即曹植、刘桢。曹植（192—232），字子建，沛国谯县（今安徽亳州）人。曹操子。三国魏诗人。刘桢（？—217），字公幹，东平宁阳（今山东宁阳北）人。“建安七子”之一。

五十七

【原 文】

读《花间》《尊前集》，令人回想徐陵[1]《玉台新咏》。读《草堂诗余》，令人回想韦縠[2]《才调集》。读朱竹垞《词综》，张皋文、董子远《词选》[3]，令人回想沈德潜《三朝诗别裁集》。

【译 文】

读《花间集》《尊前集》，使人回想到徐陵的《玉台新咏》。读《草堂诗余》，使人回想到韦縠的《才调集》。读朱彝尊的《词综》及张惠言、董毅的《词选》，使人回想到沈德潜的《三朝诗别裁集》。

注 释

❶徐陵：507—583 年在世，字孝穆，东海郯（今山东郯城北）人。南朝陈文学家，后人辑有《徐孝穆集》。另编有《玉台新咏》。

❷韦縠：880 年出生，卒年不详，京兆杜陵人，唐末宰相韦贻范次子。五代后蜀文学家，所编唐诗选集《才调集》是今存《唐人选唐诗》中选诗最多最广的一种。

❸《词选》：亦称《茗柯词选》，清张惠言及其弟张琦编，二卷，选录唐、宋四十四家词一百十六首，初刻于嘉庆二年（1797）。稍后，张氏外甥董子远（毅）以为原书选词过严，又选辑唐、五代、宋一百二十二首，编为《续词选》二卷。道光十年（1830），张琦将原选与续选合刊于《宛陵书屋丛书》中。“子远”，原误作“晋卿”。

五十八

【原 文】

明季国初诸老之论词，大似袁简斋[1]之论诗，其失也纤小而轻薄。竹垞以降之论词者，大似沈归愚[2]，其失也枯槁而庸陋。

【译 文】

明末清初诸位老先生论词，非常像袁枚论诗，其弊病在于琐碎而又轻薄。朱彝尊之后的词论家，非常像沈德潜，其弊病在于枯燥而又平庸。

注 释

❶袁简斋：即袁枚（1716—1798），字子才，号简斋、随园，浙江钱塘（今杭州）人。清文学家。

❷沈归愚：即沈德潜（1673—1769），字确士，号归愚，长洲（今江苏苏州）人。清诗人。

五十九

【原 文】

东坡之旷在神，白石之旷在貌。白石如王衍口不言阿堵物[1]，而暗中为营三

【译 文】

苏轼的旷达在于精神，姜夔的旷达在于外表。姜夔就像王衍一样，嘴里不说“钱”这个字，似乎很清高，然而暗中却

窟之计[2]，此其所以可鄙也。

费尽心机经营谋划，这就是他令人感到鄙俗的原因。

注释

❶阿堵物：指钱。

❷三窟之计：冯谖替孟尝君赴薛收债，取消了全部债务，并将债券当众烧毁，替孟尝君积德。当孟尝君罢官归薛，很受欢迎。冯谖说："狡兔有三窟，仅得免其死耳。今君有一窟，未得高枕而卧也。请为君复凿二窟。"事成之后，他说："三窟已就，君姑高枕为乐矣。"

六十

【原文】

"纷吾既有此内美兮，又重之以修能。"文学之事，于此二者不可缺一。然词乃抒情之作，故尤重内美。无内美而但有修能，则白石耳。

【译文】

"纷吾既有此内美兮，又重之以修能。"文学创作，这二者缺一不可。然而词乃抒情作品，所以尤其重视内美。没有内美而只有修能，姜夔就是如此。

六十一

【原 文】

诗人视一切外物，皆游戏之材料也。然其游戏，则以热心为之。故诙谐与严重二性质，亦不可缺一也。

【译 文】

诗人把一切外物都看成游戏的材料。然而这种游戏却必须诚心诚意地进行。所以，诙谐和郑重这两种态度缺一不可。

六十二

【原 文】

金朗甫[1]作《词选后序》，分词为“淫词”“鄙词”“游词”三种。词之弊尽是矣。五代北宋之词，其失也淫。辛、刘之词，其失也鄙。姜、张之词，其失也游。

【译 文】

金应珪作《词选后序》，把词分为“淫词”“鄙词”“游词”三种。词的弊病可以说包罗无遗。五代北宋词，其弊病在于淫。辛弃疾、刘过词，其弊病在于鄙。姜夔、张炎词，其弊病在于游。

注 释

❶金朗甫：即金式玉，是张惠言、张琦兄弟亲手调教出来的高徒，但王国维搞错了一点，《词选后序》的作者不是金式玉，而是金式玉的兄长金应珪。

附录

人间词甲稿序①

王君静安将刊其所为《人间词》，诒书告余曰："知我词者莫如子，叙之亦莫如子宜。"余与君处十年矣，比年以来，君颇以词自娱。余虽不能词，然喜读词。每夜漏始下，一灯荧然，玩古人之作，未尝不与君共。君成一阕，易一字，未尝不以讯余。既而睽离，苟有所作，未尝不邮以示余也。然则余于君之词，又乌可以无言乎？夫自南宋以后，斯道之不振久矣！元、明及国初诸老，非无警句也。然不免乎局促者，气困于雕琢也。嘉、道以后之词，非不谐美也。然无救于浅薄者，意竭于模拟也。君之于词，于五代喜李后主、冯正中，于北宋喜永叔、子瞻、少游、美成，于南宋除稼轩、白石外，所嗜盖鲜矣。尤痛诋梦窗、玉田。谓梦窗砌字，玉田垒句。一雕琢，一敷衍。其病不同，而同归于浅薄。六百年来词之不振，实自此始。其持论如此。及读君自所为词，则诚往复幽咽，动摇人心。快而沉，直而能曲。不屑屑于言词之末，而名句间出，殆往往度越前人。至其言近而指远，意决而辞婉，自永叔以后，殆未有工如君者也。君始为词时亦不自意其至此，而卒至此者，天也，非人之所能为也。若夫观物之微，托兴之深，则又君诗词之特色。求之古代作者，罕有伦比。呜呼！不胜古人不足以与古人并，

① 此序写于1906年，但是否为王国维所作，历来存在分歧。本书整理者滕咸惠先生根据赵万里先生意见，确定为此序虽署名樊志厚，却实出于王国维手笔。

君其知之矣。世有疑余言者乎，则何不取古人之词与君词比类而观之也？

光绪丙午三月，山阴樊志厚叙。

人间词乙稿序[①]

去岁夏，王君静安集其所为词，得六十余阕，名曰《人间词甲稿》，余既叙而行之矣。今冬，复汇所作词为《乙稿》，丐余为之叙。余其敢辞，乃称曰：文学之事，其内足以摅己而外足以感人者，意与境二者而已。上焉者意与境浑，其次或以境胜，或以意胜。苟缺其一，不足以言文学。原夫文学之所以有意境者，以其能观也。出于观我者，意余于境。而出于观物者，境多于意。然非物无以见我，而观我之时，又自有我在。故二者常互相错综，能有所偏重，而不能有所偏废也。文学之工不工，亦视其意境之有无与其深浅而已。自夫人不能观古人之所观而徒学古人之所作，于是始有伪文学。学者便之，相尚以辞，相习以模拟，遂不复知意境之为何物，岂不悲哉！苟持此以观古今人之词，则其得失，可得而言焉。温、韦之精艳，所以不如正中者，意境有深浅也。珠玉所以逊六一，小山所以愧淮海者，意境异也。美成晚出，始以辞采擅长，然终不失为北宋人之词者，有意境也。南宋词人之有意境者，惟一稼轩，然亦若不欲以意境胜。白石之词，气体雅健耳。至于意境，则去北宋人远甚。及梦窗、玉田出，并不求诸气体，而惟文字之是务，于是词之道熄矣。自元迄明，益以不振。至于国朝，而纳兰侍

① 此序写于1907年。本书整理者滕咸惠先生根据赵万里先生意见，确定此序也出于王国维手笔。

卫以天赋天才，崛起于方兴之族。其所为词悲凉顽艳，独有得于意境之深，可谓豪杰之士奋乎百世之下者矣。同时朱、陈，既非劲敌；后世项、蒋，尤难鼎足。至乾嘉以降，审乎体格韵律之间者愈微，而意味之溢于字句之表者愈浅。岂非拘泥文字，而不求诸意境之失欤？抑观我观物之事自有天在，固难期诸流俗欤？余与静安，均夙持此论。静安之为词，真能以意境胜。夫古今人词之以意胜者，莫若欧阳公。以境胜者，莫若秦少游。至意境两浑，则惟太白、后主、正中数人足以当之。静安之词，大抵意深于欧而境次于秦。至其合作，如《甲稿》《浣溪沙》之“天末同云”、《蝶恋花》之“昨夜梦中”、《乙稿》《蝶恋花》之“百尺朱楼”等阕，皆意境两忘、物我一体。高蹈乎八荒之表，而抗心乎千秋之间。骎骎乎两汉之疆域，广于三代，贞观之政治，隆于武德矣。方之侍卫，岂徒伯仲。此固君所得于天者独深，抑岂非致力于意境之效也。至君词之体裁，亦与五代北宋为近。然君词之所以为五代北宋之词者，以其有意境在。若以其体裁故，而至遽指为五代北宋，此又君之不任受。固当与梦窗、玉田之徒，专事模拟者，同类而笑之也。

光绪三十三年十月，山阴樊志厚叙。

清真先生遗事（节录）①

一

先生于诗文无所不工，然尚未尽脱古人蹊径。平生著述，自以乐府为第一。词人甲乙，宋人早有定论。惟张叔夏病其意趣不高远。然北宋人如欧、苏、秦、黄，高则高矣，至精工博大，殊不逮先生。故以宋词比唐诗，则东坡似太白，欧、秦似摩诘，耆卿似乐天，方回、叔原则大历十子之流。南宋惟一稼轩可比昌黎。而词中老杜，则非先生不可。昔人以耆卿比少陵，犹为未当也。

二

先生之词，陈直斋谓其多用唐人诗句檃括入律，浑然天成，张玉田谓其善于融化诗句，然此不过一端。不如强焕云“模写物态，曲尽其妙”为知言也。

三

山谷云：“天下清景，不择贤愚而与之，然吾特疑端为我辈

① 写于1910年。

设。”诚哉是言！抑岂独清景而已，一切境界，无不为诗人设。世无诗人，即无此种境界。夫境界之呈于吾心而见于外物者，皆须臾之物。惟诗人能以此须臾之物，镌诸不朽之文字，使读者自得之。遂觉诗人之言，字字为我心中所欲言，而又非我之所能自言，此大诗人之秘妙也。境界有二：有诗人之境界，有常人之境界。诗人之境界，惟诗人能感之而能写之，故读其诗者，亦高举远慕，有遗世之意。而亦有得有不得，且得之者亦各有深浅焉。若夫悲欢离合、羁旅行役之感，常人皆能感之，而惟诗人能写之。故其入于人者至深，而行于世也尤广。先生之词，属于第二种为多。故宋时别本之多，他无与匹。又和者三家，注者二家（强焕本亦有注，见毛跋）。自士大夫以至妇人女子，莫不知有清真，而种种无稽之言，亦由此以起。然非入人之深，乌能如是耶？

四

楼忠简谓先生妙解音律。惟王晦叔《碧鸡漫志》谓：“江南某氏者，解音律，时时度曲。周美成与有瓜葛。每得一解，即为制词。故周集中多新声。”则集中新曲，非尽自度。然顾曲名堂，不能自已，固非不知音者。故先生之词，文字之外，须兼味其音律。惟词中所注宫调，不出教坊十八调之外，则其音非大晟乐府之新声，而为隋唐以来之燕乐，固可知也。今其声虽亡，读其词者，犹觉拗怒之中，自饶和婉。曼声促节，繁会相宣，清浊抑扬，辘轳交往。两宋之间，一人而已。

五

伪词最多。强焕本所增强半皆是。如《片玉词》上《青玉案》（良夜灯光簇如豆）一阕，乃改山谷《忆帝京》词为之者，决非先生作。

《唐五代二十一家词辑》跋[①]

一

（皇甫松词）黄叔旸称其《摘得新》二首为有达观之见。余谓不若《忆江南》二阕，情味深长，在乐天、梦得上也。

二

端已词情深语秀，虽规模不及后主、正中，要在飞卿之上，观昔人颜、谢优劣论可知矣。

三

（毛文锡）词比牛、薛诸人，殊为不及。叶梦得谓："文锡词以质直为情致，殊不知流于率露。诸人评庸陋词者，必曰：此仿毛文锡之《赞成功》而不及者。"其言是也。

四

（魏承班）词逊于薛昭蕴、牛峤而高于毛文锡，然皆不如王衍。

---

① 写于1908年。

五代词以帝王为最工，岂不以无意于求工欤？

五

（顾）敻词在牛给事、毛司徒间。《浣溪沙》（春色迷人）一阕，亦见《阳春录》。与《河传》《诉衷情》数阕，当为敻最佳之作矣。

六

周密《齐东野语》称其词（按：指毛熙震词）“新警而不为儇薄”。余尤爱其《后庭花》，不独意胜，即以调论，亦有隽上清越之致，视文锡蔑如也。

七

（阎选）词惟《临江仙》第二首有轩翥之意，余尚未足与于作者也。

八

昔沈文悫深赏（张）泌“绿杨花扑一溪烟”为晚唐名句。然其词如“露浓香泛小庭花”，较前语似更幽艳也。

九

（孙光宪词）昔黄玉林赏其“一庭花雨湿春愁”为古今佳句。余以为不若“片帆烟际闪孤光”尤有境界也。

《词辨》批语

一

温飞卿《菩萨蛮》“雨后却斜阳，杏花零落香”。少游之“雨余芳草斜阳，杏花零落燕泥香”虽自此脱胎，而实有出蓝之妙。

二

白石尚有骨，玉田则一乞人耳。

三

美成词多作态，故不是大家气象。若同叔、永叔虽不作态，而“一笑百媚生”矣。此天才与人力之别也。

四

周介存谓：“白石以诗法入词，门径浅狭，如孙过庭书，但便后人模仿。”予谓近人所以崇拜玉田，亦由于此。

五

予于词，五代喜李后主、冯正中而不喜《花间》。宋喜同叔、永叔、子瞻、少游而不喜美成。南宋只爱稼轩一人，而最恶梦窗、玉田。介存《词辨》所选词，颇多不当人意，而其论词则多独到之语。始知天下固有具眼人，非予一人之私见也。

论词语辑录

一[1]

(《云谣集杂曲子》)《天仙子》词，特深峭隐秀，堪与飞卿、端己抗行。

二[2]

欧公《蝶恋花》“面旋落花”云云，字字沉响，殊不可及。

三[3]

有明一代，乐府道衰。《写情》《扣舷》，尚有宋元遗响。仁、宣以后，兹事几绝。独文愍（夏言）以魁硕之才，起而振之。豪壮典丽，与于湖、剑南为近。

---

① 录自《观堂集林·唐写本〈云谣集杂曲子〉跋》。

② 录自王国维旧藏《六一词》眉间批语。

③ 录自《庚辛之间读书记·桂翁词》。

四[1]

彊村（朱祖谋）词，余最赏其《浣溪沙》（独鸟冲波去意闲）二阕，笔力峭拔，非他词可能过之。

五

蕙风（况周颐）听歌诸作，自以《满路花》为最佳。至《题香南雅集图》诸词，殊觉泛泛，无一言道著。

六[2]

蕙风词小令似叔原，长调亦在清真、梅溪间，而沉痛过之。彊村虽富丽精工，犹逊其真挚也。天以百凶成就一词人，果何为哉！

七

蕙风《洞仙歌》（秋日游某氏园）及《苏武慢》（寒夜闻角）二阕，境似清真，集中他作，不能过之。

---

① 此条和下条摘自赵万里《丙寅日记》所记王国维论学语。
② 此条和下条录自王国维《蕙风琴趣》评语。

人间词话选①

余于七八年前，偶书词话数十则。今检旧稿，颇有可采者，摘录如下：

一

词以境界为最上。有境界则自成高格，自有名句。五代北宋之词所以独绝者在此。

二

言气格，言神韵，不如言境界。境界，本也；气格、神韵，末也。境界具，而二者随之矣。

三

有造境，有写境。此理想与写实二派之所由分。然二者颇难区别。因大诗人所造之境，必合乎自然，所写之境，必邻于理想故也。

① 摘自王国维《二牖轩随录》，题目为整理者所拟。

四

境非独谓景物也，情感亦人心中之一境界。故能写真景物、真感情者，谓之有境界，否则谓之无境界。

五

“红杏枝头春意闹”，著一“闹”字，而境界全出。“云破月来花弄影”，著一“弄”字，而境界全出矣。

六

境界有大小，然不以是而分优劣。“细雨鱼儿出，微风燕子斜”，何遽不若“落日照大旗，马鸣风萧萧”。“宝帘闲挂小银钩”，何遽不若“雾失楼台，月迷津渡”也。

七

《诗·蒹葭》一篇，最得风人深致。晏同叔之“昨夜西风凋碧树。独上高楼，望尽天涯路”意颇近之。但一洒落，一悲壮耳。

八

“我瞻四方，蹙蹙靡所骋”，诗人之忧生也。“昨夜西风凋碧树。独上高楼，望尽天涯路”似之。“终日驰车走，不见所问津”，诗人之忧世也。“百草千花寒食路，香车系在谁家树”似之。

九

成就一切事，罔不历三种境界：“昨夜西风凋碧树。独上高楼，望尽天涯路。”此第一境也。“衣带渐宽终不悔，为伊消得人憔悴。”此第二境也。“众里寻他千百度。回头蓦见，那人正在，灯火阑珊处。”此第三境也。此等语均非大词人不能道，然遽以此意解诸词，恐为晏、欧诸公所不许也。

十

太白词纯以气象胜。“西风残照，汉家陵阙”，寥寥八字，遂关千古登临之口。后世唯范文正之《渔家傲》、夏英公之《喜迁莺》差堪继武，然气象已不逮矣。

十一

温飞卿之词，句秀也；韦端己之词，骨秀也；李后主之词，神秀也。词至李后主而境界始大，感慨遂深，遂变伶工之词而为士大夫之词。宋初晏、欧诸公，皆自此出，而花间一派微矣。

十二

冯正中词除《鹊踏枝》《菩萨蛮》数十阕最煊赫外，如《醉花间》之“高树鹊衔巢，斜月明寒草”，虽韦苏州之“流萤渡高阁”、孟襄阳之“疏雨滴梧桐”不能过也。

十三

“画屏金鹧鸪”，飞卿语也，其词品似之。“弦上黄莺语”，端己语也，其词品亦似之。若正中词品欲于其词求之，则“和泪试严妆”殆近之欤？

十四

欧阳公《浣溪沙》词“绿杨楼外出秋千”。晁补之谓：只一“出”字便后人所不能道。余谓此本于正中《上行杯》词“柳外秋千出画墙”，但欧语尤工耳。

十五

少游词境最为凄婉。至“可堪孤馆闭春寒，杜鹃声里斜阳暮”则变而凄厉矣。东坡赏其后二语，犹为皮相。

十六

东坡之词旷，稼轩之词豪。无二人之胸襟而学其词，犹东施之效捧心也。

十七

读东坡、稼轩词，须观其雅量高致，有伯夷、柳下惠之风。白石虽似蝉蜕尘埃，终不免局促辕下。

十八

昭明太子称陶渊明诗“跌宕昭彰，独超众类，抑扬爽朗，莫之与京”。王无功称薛收赋“韵趣高奇，词义晦远。嵯峨萧瑟，真不可言”。词中惜少此二种气象。前者坡词近之，后者唯白石略得一二耳。

十九

白石写景之作，如“二十四桥仍在，波心荡、冷月无声”“数峰清苦，商略黄昏雨”“高树晚蝉，说西风消息”，虽格韵高绝，然如雾里看花，终隔一层。梅溪、梦窗诸家写景之作，其病皆在一“隔”字。北宋风流，过江遂绝，抑真有风会存乎其间耶？

二十

东坡、稼轩，词中之狂。白石，词中之狷。若梅溪、梦窗、草窗、玉田、西麓、竹山之词，则乡愿而已。

二十一

问“隔”与“不隔”之别，曰：“生年不满百，常怀千岁忧。昼短苦夜长，何不秉烛游？”“服食求神仙，多为药所误。不如饮美酒，被服纨与素。”写情如此，方为不隔。“采菊东篱下，悠然见南山。山气日夕佳，飞鸟相与还。”“天似穹庐，笼盖四野。天苍苍，野茫茫，风吹草低见牛羊。”写景如此，方为不隔。词亦如之。如欧阳公《少年游》咏春草云“阑干十二独凭春，晴碧远连云。千里万里，二月三月，行色苦愁人”，语语皆在目前，便是不隔；至换头云“谢家池上，江淹浦畔，吟魄与离魂”，使用故事，便不如前半精彩。然欧词前既实写，故至此不能不拓开，若通体如此，则成笑柄。南宋人词，则不免通体皆是“谢家池上”矣。

二十二

国朝人词，余最爱宋直方《蝶恋花》“新样罗衣浑弃却，犹寻旧日春衫著”，及谭复堂之“连理枝头侬与汝，千花百草从渠许”，以为最得风人之旨。

二十三

近人词如复堂之深婉，彊村之隐秀，当在吾家半塘翁上。彊村学梦窗，而情味较梦窗反胜，盖有临川、庐陵之高华，而济以白石之疏越者。学人之词，斯为极则。然于古人自然神妙处，尚未梦见。《半塘丁稿》和冯正中《鹊踏枝》十阕，乃《鹜翁词》之最精者。“望远愁多休纵目”等阕，郁伊惝恍，令人不能为怀。《定稿》只存六阕，殊为未允。

略论王国维的美学和文学思想

王国维（1877—1927）是中国近现代之交的著名学者。他的主要成就是在史学方面。郭沫若同志称他为“新史学的开山”，并说：“他的甲骨文字的研究，殷周金文的研究，汉晋竹简和封泥等的研究，是划时代的工作。西北地理和蒙古史料的研究也有些惊人的成绩。”[①] 但是，他的史学研究是在他一生的最后十五年进行的，此前，他主要研究哲学、美学和文学理论以及戏剧艺术史。他在这方面的成就虽然比不上史学上的成就，但是，他的《人间词话》《宋元戏曲考》等是有影响的美学、文学理论和戏剧艺术史著作[②]，他的美学和文学思想虽然有不少唯心主义的杂质，却也不乏真知灼见和独到创新之处，应该给以正确的分析和评价。

一

王国维，字静安，号观堂，浙江海宁人。他出生在一个中小地

① 郭沫若《鲁迅与王国维》。

② 俞平伯在《重印〈人间词话〉序》中认为：王国维论词“标举‘境界’”“持平入妙，铢两悉称，良无间然。颇思得暇引申其义，却恐‘佛头着粪’，遂终于不为”。郭沫若在《鲁迅与王国维》中说：“王国维的《宋元戏曲史》和鲁迅的《中国小说史略》，毫无疑问，是中国文艺史研究上的双璧。不仅是拓荒的工作，前无古人，而且是权威的成就，一直领导着百万的后学。”

主家庭，幼年时所受的是传统的封建教育。青年时代，他受到主张维新变法的资产阶级改良主义思潮的影响。他不喜科举时文，甚至在参加科举考试时“不终场而归”[①]。在读到康、梁论疏后，“弃帖括而不为”[②]。1898 年（即戊戌变法那年）初，他来到上海，在梁启超当主编的《时务报》工作，任书记校雠之役，并为馆主汪康年司笔札。同时，以业余时间在罗振玉主办的东文学社学习。戊戌变法失败，《时务报》关闭后，王国维一方面在东文学社当职员，一方面继续学习哲学、数学、物理、化学、外语，一直到庚子事变后学社解散，前后共两年半。1901 年，他在罗振玉资助下留学日本，为学习物理而首先学习数学，在东京仅四五个月，因病即于当年夏季归国。回国后曾任通州（南通）师范学校和江苏（苏州）师范学堂教习，讲授心理学、伦理学、哲学、社会学。1901 年到 1905 年，王国维主要研究哲学和美学。

1906 年，由于罗振玉的推荐，王国维到北京任学部（教育部）总务司行走，后改充学部图书局编译、名词馆协修，一直到辛亥革命爆发，清王朝倒台。这一时期，王国维主要从事美学、文学理论和戏剧艺术史的研究工作，主要研究成果是 1908 年的《人间词话》和若干关于戏剧艺术史的考证、研究著作。

辛亥革命后，王国维随罗振玉东渡日本，成了所谓“胜朝遗老”。1912 年写成《宋元戏曲考》。1916 年从日本回国，任《学术丛刊》编辑。1923 年受清废帝溥仪征召，任南书房行走。1925 年，任清华学校国学研究院研究导师（教授）。这一时期，王国维主要研究史学，在甲骨文字研究、殷周金文研究等方面作出了辉煌的贡献，成为誉满中外的学者。1927 年，由于长期思想的苦闷和生活的

---

① 赵万里《王静安先生年谱》引陈守谦《祭文》。

② 王国华《海宁王静安先生遗书·序》。

惨淡，再加上罗振玉和他绝交的刺激，王国维自沉于颐和园昆明湖。他的死并不是对清王朝的“殉节”①。

二

王国维幼年所受的教育，是封建地主阶级的，但是，在青年时期，他却主要学习西方资产阶级的哲学社会科学和自然科学。这正是他的世界观逐步确立的时期。西方资产阶级哲学社会科学思想和近代自然科学的治学方法给予他的思想以深刻的影响。对于中国封建社会中的统治思想——儒家学说，王国维仅仅作为一种学术思想来加以研究，并不盲目信从和崇拜。他认为孔孟之道不是宗教教义，说：“孔孟之说，则固非宗教而学说也，与一切他学均以研究而益明。”② 他还认为：“今日之时代，已入研究自由之时代，而非教权专制之时代。”③ 他回顾中国思想发展史，赞扬春秋战国时期诸子百家“灿然放万丈之光焰”，认为自从汉武帝尊崇儒术，“儒家

---

① 参见殷南《我所知道的王静安先生》，柏生《记王静安先生自沉事始末》（以上二文均见《国学月报》第二卷八、九、十合刊），郭沫若《鲁迅与王国维》，溥仪《我的前半生》。

王国维自杀并非“殉节”的最有力的证据是他留下的遗书。全文是：五十之年，只欠一死。经此世变，义无再辱。我死后，当草草棺殓，即行藁葬于清华园茔地。汝等不能南归，亦可暂于城内居住。汝兄亦不必奔丧，因道路不通，渠又不曾出门故也。书籍可托陈、吴二先生处理。家人自有人料理，必不至不能南归。我虽无财产分文遗汝等，然苟谨慎勤俭，亦必不至饿死也。

五月初二日，父字。

遗书无一字涉及已被推翻的清王朝和逊帝溥仪，全是对于家事的嘱托。最后一句话，凄凉酸楚，意在言外。至于表现了王国维“耿耿孤忠”的给溥仪的“遗折”，实际上是出于罗振玉之手，这已是公认的事实。

② 《静庵文集续编·奏定经学科大学文学科大学章程书后》。

③ 《静庵文集续编·奏定经学科大学文学科大学章程书后》。

唯以抱残守缺为事”，造成思想僵化停滞。[①] 他鼓吹“人有生命，有财产，有名誉，有自由，此数者皆神圣不可侵犯之权利也”[②]。他认为：“我国人之特质，实际的也，通俗的也；西洋人之特质，思辨的也，科学的也，长于抽象而精于分类。”[③] 因而主张大量输入西方的哲学社会科学。他希望学术研究以探求真理为唯一目的，脱离政治而独立发展，并且断言：“异日发明光大我国之学术者，必在兼通世界学术之人，而不在一孔之陋儒。”[④] 所以，从他的世界观的整体看，王国维是一个资产阶级思想家，而不是封建地主阶级的思想家。“体素羸弱，性复忧郁”的王国维，虽曾一度倾向于维新运动，但在戊戌变法失败后，却看不到前途，找不到出路。他对于正在蓬勃发展的孙中山领导的革命运动不理解，甚至骂孙中山、陈天华为“不逞之徒”[⑤]，政治上渐趋保守。但是，他的最高的生活理想不过是脱离政治，不问世事，专门从事学术研究而已。可是，由于长期以来生活上对于罗振玉的依赖，他先是不得不流亡日本做“遗老”，更想不到还成了食五品禄的文学侍从。这在王国维恐怕也不是心甘情愿的吧。他的思想充满了深刻的矛盾。在资产阶级的政治、伦理、社会思想和他的很可能并非自愿采取的顽固保守的政治态度之间，在思想上的软弱、保守、妥协性和学术研究上的勤于思索、实事求是、敢于创新之间，都存在着尖锐的对立。作为一个“遗老”，王国维是不足称道的，尽管他的死是令人同情的。作为一个学术家，王国维却给我们留下了一笔宝贵的遗产，不论是在史学方面还是在美学和文学理论方面，他都是代表了近代中国资产阶级

---

① 《静庵文集·论近年之学术界》。

② 《静庵文集·教育偶感四则》。

③ 《静庵文集·论新学语之输入》。

④ 《静庵文集续编·奏定经学科大学文学科大学章程书后》。

⑤ 《静庵文集续编·奏定经学科大学文学科大学章程书后》。

的最高成就的重要学者之一。龚自珍、魏源、康有为、梁启超、章炳麟和王国维是中国近代最重要的思想家和学术家。

王国维的哲学思想经历了一个从主观唯心主义到自发地倾向唯物主义的过程。大体看来，王国维哲学思想的发展经历了三个阶段：1901—1905 年，是王国维研究哲学和美学、信仰和宣传叔本华哲学和美学的时期；1906—1912 年，是逐步摆脱叔本华思想的束缚，独立研究美学、文学理论和戏剧艺术史的时期；1913—1927 年，是在史学研究中表现了鲜明的朴素唯物主义倾向的时期。

在第一阶段，王国维系统地学习了西方哲学史，认真研读康德、叔本华和洛克、休谟的著作。叔本华立刻征服了他。他完全拜倒在叔本华脚下，成为其忠实信徒。① 他认为叔本华和尼采哲学都是“破坏旧文化而创造新文化”② 的先进思想，而叔本华哲学更是“凌轹古今”③ 的伟大哲学体系。他歌颂叔本华：“公虽云亡，公书则存，愿言千复，奉以终身。”④ 但是，勤于思索的王国维很快就发现了叔本华思想的内在矛盾，抓到了叔本华不能自圆其说之处。很

---

① 王国维对西方哲学史并没有进行精深的研究。他读过一些哲学史著作。西方哲学原著他读到的比较少，主要是康德和叔本华两家。康德的《纯粹理性批判》，他在 1903 年初读时，“几全不可解，更辍不读”，继而读叔本华《世界是意志和表象》，而“大好之”，认为“思精而笔锐”，于是一连读了两遍，随后又读叔本华的其他著作。他认为叔本华对康德的批判是正确的，并认为用这种观点才能弄通康德哲学。实际上，叔本华是从右的方面批判康德。王国维可能没有读黑格尔的哲学和美学原著。王国维之所以接受叔本华哲学，有着深刻的社会根源，并与他的生活和思想有着密切关系。19 世纪末 20 世纪初，德国哲学尤其是叔本华和尼采哲学思想在日本甚为流行。王国维是跟着日本人学习哲学史的，康德、叔本华的著作引起他的兴趣是可以理解的。鸦片战争后，西方各种思想学说大量介绍到中国来，当时的知识分子并不能区别哪些是进步的，哪些是消极的和反动的。王国维也正是如此，他误认为叔本华哲学是一种先进思想。再者，戊戌变法失败之后，王国维思想上是苦闷的，他看不到前途和出路。叔本华哲学浓厚的悲观主义精神正好投合了他当时的心境。这可能是他接受叔本华哲学的重要原因。

② 《静庵文集·叔本华与尼采》。

③ 《静庵文集·叔本华之哲学及其教育学说》。

④ 《教育丛书四集》。

快，他就悟到叔本华的哲学思想“半出于其主观的气质而无关于客观的知识”[1]，这就是说叔本华哲学是一种主观臆造的东西，并不是客观真理。他是不是从此就和叔本华一刀两断了呢？没有。理智上感到它不对，感情上却与它恋恋不舍。真是剪不断，理还乱。王国维这样说明他的思想矛盾：

> 哲学上之说，大都可爱者不可信，可信者不可爱。余知真理，而余又爱其谬误。伟大之形而上学、高严之伦理学与纯粹之美学，此吾人所酷嗜也。然求其可信者，则宁在知识论上之实证论、伦理学上之快乐论与美学上之经验论。知其可信而不能爱，觉其可爱而不能信，此近二三年中最大之烦闷。[2]

王国维于是放弃哲学研究，力图回避这种矛盾。

在第二阶段，王国维虽然不能完全摆脱叔本华哲学的影响，但是，他在进行诗词创作的同时，大量涉猎了以诗话、词话为主的中国古典美学和文学理论著作，接受了中国古典美学和文学理论的优良传统。这更有助于他摆脱叔本华哲学的束缚。他力图把西方美学和文学思想与中国古代美学和文学思想结合起来，熔于一炉，从而提出自己的见解，开辟崭新的领域，表现出实事求是的治学作风和严谨缜密的治学态度。

在第三阶段，王国维全力进行史学研究。他继承和发扬了清代乾嘉学派的优良学风，并且和近代科学方法结合起来。他的实事求是的治学作风和严谨缜密的治学态度进一步发展和成熟了，因而在

---

① 《静庵文集·自序》。
② 《静庵文集续编·自序二》。

史学研究中取得了重要成果。正如郭沫若同志所说的："他是很有科学头脑的人，做学问是实事求是，丝毫不为成见所囿，并且异常胆大，能发前人所未能发，言腐儒所不敢言。"①

三

和哲学思想的发展相适应，王国维的美学和文学思想分作1901—1905年、1906—1912年和1913—1927年三个发展阶段。

恩格斯指出：叔本华哲学是"适合于庸人的浅薄思想"②。它的主要特点是主观唯心主义、唯意志论和神秘主义以及悲观主义。根据叔本华的看法，世界是我的表象，意志是万物的基础，因而生活的本质就是生活之欲。生活之欲是不能满足的，就算是暂时得到满足，也必然感到厌倦和空虚，因而人生是永远痛苦的。人类的彻底解脱则是灭绝生活之欲而达到涅槃之境。美或艺术的位置恰恰在这永恒的痛苦与彻底的解脱之间。因而美或艺术的本质是无利害的观照和暂时的解脱。③ 王国维这样介绍叔本华的这一基本美学观点，他说：

> 夫吾人之本质既为意志矣，而意志之所以为意志，有一大特质焉，曰生活之欲。……然则此利害之念，竟

---

① 郭沫若《鲁迅与王国维》。

② 《自然辩证法》，《马克思恩格斯选集》第3卷。

③ 这是对叔本华哲学思想的基本内容和主要倾向的简要叙述。从德国哲学思想的发展看，叔本华哲学是对康德哲学的继承和发展。他吸收了康德哲学的很多观点，并从右的方面加以批判和改造。同时，叔本华在理论上是缺乏独创精神的，他在构成自己的哲学体系时大量吸收前代和同时代哲学家的思想观点。我们从总体上批判和否定叔本华哲学和美学思想，并不意味着对其分体和局部采取同样的态度。

> 无时或息欤？吾人于此桎梏之世界中，竟不获一时救济欤？曰：有。唯美之为物，不与吾人之利害相关系，而吾人观美时，亦不知有一己之利害。何则？美之对象，非特别之物，而此物之种类之形式，又观之之我，非特别之我，而纯粹无欲之我也。①

叔本华从这点出发，根据达到无利害观照和暂时解脱的不同途径来解释优美和壮美（宏壮，现在一般译为崇高）这两个重要的美学范畴。王国维介绍了叔本华关于优美和壮美的观点，他说：

> 美之为物有二种：一曰优美，一曰壮美。苟一物焉，与吾人无利害之关系，而吾人之观之也，不观其关系，而但观其物；或吾人之心中无丝毫生活之欲存，而其观物也，不视为与我有关系之物，而但视为外物，则今之所观者非昔之所观者也。此时吾心宁静之状态，名之曰优美之情，而谓此物曰优美。若此物大不利于吾人，而吾人生活之意志为之破裂，因之意志遁去，而知力得为独立之作用，以深观其物，吾人谓此物曰壮美，而谓其感情曰壮美之情。……而其快乐存于使人忘物我之关系，则固与优美无以异也。②

这里虽然把优美之物与优美之情、壮美之物与壮美之情区别开来，但是，这种区别是毫无意义的。在叔本华哲学里，世界是我的表象，一切事物都不过是意志这种盲目的不可遏制的冲动的客观化

---

① 《静庵文集·叔本华之哲学及其教育学说》。

② 《静庵文集·〈红楼梦〉评论》。

和派生物。因而，优美之物和壮美之物绝不是客观存在的，只要我们有了优美之情和壮美之情，就自然会有优美之物和壮美之物。王国维说："苟吾人而能忘物与我之关系而观物，则夫自然界之山明水媚、鸟飞花落，固无往而非华胥之国、极乐之土也。"① 这句话言简意明，很能抓住叔本华美学主观唯心主义的要害和本质。

叔本华极力宣扬天才论，认为只有天才才能进行审美静观，庸众是不可能真正欣赏美的。王国维介绍了叔本华的这种观点，他说：

> 夫自然界之物，无不与吾人有利害之关系，纵非直接，亦必间接相关系者也。……然此物既与吾人有利害之关系，而吾人欲强离其关系而观之，自非天才，岂易及此？于是天才者出，以其所观于自然人生中者复现之于美术中，而使中智以下之人，亦因其物之与己无关系，而超然于利害之外。②

叔本华从上述基本美学观点出发，必然否认艺术与政治的关系。鼓吹艺术的无功利性，否认艺术改造社会的积极的社会作用。王国维的艺术观点正是从叔本华来的。他认为美术（即艺术）和哲学一样是"最神圣、最尊贵而无与于当世之用"③ 的，反对把艺术当成"道德政治之手段"④，如果把艺术当成了鼓吹革命改造社会的工具，那就是犯了"亵渎哲学与文学之神圣之罪"⑤，他甚至认

---

① 《静庵文集·〈红楼梦〉评论》。
② 《静庵文集·〈红楼梦〉评论》。
③ 《静庵文集·论哲学家与美术家之天职》。
④ 《静庵文集·论哲学家与美术家之天职》。
⑤ 《静庵文集·论近年之学术界》。

为“生百政治家，不如生一大文学家”[①]，那就不但认为艺术脱离政治，而且认为艺术高于政治了。因此，艺术的社会作用就被说成是脱离现实，逃避斗争，从而获得精神上的安慰和暂时的麻醉。王国维说：“美术之务在描写人生之苦痛与其解脱之道，而使吾侪冯生之徒于此桎梏之世界中，离此生活之欲之争斗，而得其暂时之平和，此一切美术之目的也。”[②] 艺术可以治疗人生“空虚之苦痛”[③]，简直可以和鸦片、宗教相提并论了。

这就是王国维所介绍的叔本华美学思想，当时，也就是王国维的美学思想。王国维用这种观点为指导研究《红楼梦》，写下了《〈红楼梦〉评论》，其结果只能是根本抹杀《红楼梦》对封建社会制度和封建意识形态的批判精神，歪曲其思想意义，把它当成叔本华思想的图解和注脚。他认为《红楼梦》说明了“人生之欲之先人生而存在，而人生不过此欲之发现”，表现了“自犯罪，自加罚，自忏悔，自解脱”的过程，甚至牵强附会地说贾宝玉的通灵宝玉不过是“生活之欲之代表”。但是，另一方面，王国维一再肯定《红楼梦》是“宇宙之大著述”，并且根据亚里士多德的悲剧理论，肯定《红楼梦》是能唤起“恐惧”和“悲悯”之情，“感发”人的情绪，“洗涤”人的精神的最高级的悲剧。他还批评了旧红学派主观主义的索隐和臆断，并进而提出“美术之特质，贵具体而不贵抽象”，“就个人之事实，而发见人类全体之性质”，表现出对文学艺术特点的正确理解，并对《红楼梦》研究起着某种积极的推动作用。当然，他认为《红楼梦》“为作者自道其生平者”，也开以胡

① 《静庵文集·教育偶感四则》。

② 《静庵文集·〈红楼梦〉评论》。

③ 《静庵文集续编·人间嗜好之研究》。

适为代表的新红学派之先声。[1]

四

王国维在其美学和文学思想发展的第二阶段中，逐渐突破了叔本华美学的限制，继承了中国古典美学和文学理论的优良传统，研究中国古典诗词和戏剧，在理论上表现出一定的创新精神。王国维自己的美学和文学思想是在这时形成的。在《人间词话》《宋元戏曲考》等著作中提出了“境界”说、诗人修养论和文学发展观，对中国美学和文学思想的发展作出了一定的贡献。当然，王国维和叔本华美学的决裂并不彻底，在不少方面，我们仍能清楚地看到叔本华美学的痕迹。

“境界”（或“意境”）说是王国维美学思想的核心。“境界”说虽然主要用来评价中国词的发展史上的重要作家和作品，但是，它涉及美学和文学理论上的很多基本问题，表达了王国维的基本的美学和文学观点。王国维说：“原夫文学之所以有意境者，以其能观也。”[2] 这个“观”并非孔子所说的“兴观群怨”的“观”，而是叔本华所说的“卓越的静观能力”即审美静观或审美观照。王国维还细致地说明了艺术境界的产生过程，他说：

> 山谷云：“天下清景，不择贤愚而与之，然吾特疑端为我辈设。”诚哉是言！抑岂独清景而已，一切境界，无不为诗人设。世无诗人，即无此种境界。夫境界之呈于吾

---

① 本段引文均见《静庵文集·〈红楼梦〉评论》。

② 见本书附录《人间词乙稿序》。

> 心而见于外物者，皆须臾之物。惟诗人能以此须臾之物，镌诸不朽之文字，使读者自得之。遂觉诗人之言，字字为我心中所欲言，而又非我之所能自言，此大诗人之秘妙也。[①]

这就是说，因为诗人能忘物我之关系进行审美静观，对象才变成审美对象。艺术境界是“心”与“物”相契合、相融洽的产物。心境与物境的互相触发、互相渗透，电光石火似地展现出一片空灵活脱、深邃幽远的新天地，“物我无间，而道艺为一，与天冥合而不知其所以然”[②]——这就是艺术境界产生的过程。只有诗人独具慧眼，具有远比常人敏锐的艺术感觉，善于捕捉这种似乎是稍纵即逝的“须臾之物”，并运用高度熟练的艺术技巧，通过“不朽之文字”——富有表现力的文学语言把它刻画出来。当心物契合之际，诗思也会涌上常人的心头。他能感受到，然而表现不出来。所以说，“一切境界，无不为诗人设。世无诗人，即无此种境界”。诗人创造的艺术境界在常人的心中引起共鸣，激起感情的波涛，“遂觉诗人之言，字字为我心中所欲言，而又非我之所能自言”。

王国维强调了诗人的情感、意趣、艺术创造力在艺术创作过程中的决定作用，说明了艺术境界是主观和客观相统一的产物，指出了艺术境界所具有的强烈的艺术感染力。然而，他却夸大了这一点，把艺术境界的创造说成仅仅是诗人美感移情或外射（从“呈于吾心”到“见于外物”）的结果，似乎艺术境界并不是自然人生在诗人头脑中反映的产物，最终陷于唯心主义的泥坑。这是因为他还没有完全摆脱叔本华美学的限制。我们把王国维说的“一切境

---

① 见本书附录《清真先生遗事（节录）》。

② 《观堂集林·此君轩记》。

界，无不为诗人设。世无诗人，即无此种境界”和叔本华说的“世界是我的表象。……只是和主体有关的客体……通过主体而受到限制，并且只是为主体而存在”① 相比较，把王国维说的“夫境界之呈于吾心而见于外物者，皆须臾之物。惟诗人能以此须臾之物，镌诸不朽之文字”和叔本华说的诗人“能把在心中飘忽的形象固定为经久的思想”相比较，就可以看出叔本华美学的痕迹。

王国维还进一步研究了境界是怎样构成的。他说：

有造境，有写境，此理想与写实二派之所由分。然二者颇难区别。因大诗人所造之境，必合乎自然，所写之境，亦必邻于理想故也。

自然中之物，互相关系，互相限制，故不能有完全之美。然其写之于文学及美术中也，必遗其关系、限制之处。故虽写实家，亦理想家也。又虽如何虚构之境，其材料必求之于自然，而其构造亦必从自然之法则。故虽理想家，亦写实家也。②

“造境”即虚构之境，“写境”即写实之境。王国维认为造境并非杜撰臆造、随意捏合，而是“必合乎自然”，“其材料必求之于自然，而其构造亦必从自然之法则”，仍然深深地植根于自然人生之中；写境也并非机械摹写、依样葫芦，仍然“邻于理想”“遗其关系、限制之处”，也就是渗透着诗人的理想和愿望，有所选择

---

① 叔本华《世界是意志和表象》（根据谬灵珠先生未刊译稿，以下凡引叔本华语均据此，不另注）。

② 参见本书卷上第二条、第五条。但此引文据《人间词话》原稿所撰，与通行本文字有不同之处，特此说明。

和提炼。在艺术创作中，理想和现实互相渗透、融为一体，所以说“二者颇难区别”，“写实家亦理想家”，“理想家亦写实家”。王国维明确认识到艺术境界既要描写自然又要表现理想，是现实与理想的统一。在一般意义上说，这种理解是正确的，而且是比较深刻的。但是，如果我们进一步思考，就可以发现，王国维的看法仍然有不确切的地方。这表现在：他认为“自然中之物，互相关系，互相限制，故不能有完全之美。然其写之于文学及美术中也，必遗其关系、限制之处”。说自然中没有“完全之美”，实际上是否认艺术美来源于自然人生。再者，文学反映自然人生时要“遗其关系、限制之处”，这种说法是极为含混不清的。它既可以理解为不能机械地摹写和照搬（如上所述），也可以理解为摆脱自然人生的复杂的关系。“遗”有摆脱、离开、舍弃的意思。（《说文》：“遗，亡也。”）唯物主义美学和现实主义艺术主张正确地反映自然人生，必然要求再现充满矛盾和斗争的错综复杂的社会关系，只有像叔本华这样的唯心主义和形式主义美学家才认为审美观照是离开事物关系的、超功利的、仅仅欣赏外在的形式。叔本华说，“艺术模仿自然而创造了美的东西”是“固执而愚蠢的成见”。他又说：“大自然何曾产生过白璧无瑕的美人呢？……美的知识绝不可能纯粹是后天的。它总是先天的，至少有一部分是先天的。……只有依赖这种预料，我们才能认识美。……这种预料就是理想。”艺术家“独具慧眼，独能离开事物关系而认识事物的内在性质”。审美观照“并不追寻这物象对其他外物的关系”。王国维所说的自然中“不能有完全之美”“遗其关系、限制之处”正出于此。这样，理想就被理解成诗人所具有的先验的美的理念，而不是在社会生活和现实斗争中产生出来的。同时，虚构必须“从自然之法则”也绝不是符合社会发展的客观规律。王国维承认社会和自然有一定的法则或规律，但是，他认为“此原则所以为世界最普遍之法则者，则以其为吾人之知力之最普遍之形式故”。“宇宙不能赋吾心以法则，而吾心实与宇宙以法则。”[1] 所以，王国维所说的理想与现实的统一仍然建立在主观唯心主义的基础上。[2]

王国维还把境界分为有我之境和无我之境两种。他说：

> 有我之境，物皆著我之色彩。无我之境，不知何者为我、何者为物。此即主观诗与客观诗之所由分也。[3]

王国维认为，中国古典诗词的艺术境界有两种类型：一种是“有我之境”，像“泪眼问花花不语，乱红飞过秋千去”，“可堪孤馆闭春寒，杜鹃声里斜阳暮”；另一种是“无我之境”，像“采菊东篱下，悠然见南山”，“寒波澹澹起，白鸟悠悠下”。前一种他称之为“主观诗”，后一种他称之为“客观诗”。这两种境界各有什么特点呢？他参照叔本华关于抒情诗中“诗人仅仅鲜明地意识到他自己的心理状态并且描写它”，“主观的心情，意志的影响，把它的色彩染上所见的环境”的看法，把“有我之境”的特点概括为“物皆著我之色彩”。（通行本为“以我观物，故物皆著我之色彩”。）这就是说：诗人带着强烈的主观情感观察外物，并把这种情感外射到外物上去就产生了有我之境。简言之，抒发诗人强烈情感的是有我之境，它是宏壮（崇高）的。王国维又参照叔本华关于抒

---

① 《静庵文集·释理》。

② 王国维后来可能也觉察到这些不确切之处，所以，在《人间词话》发表于《国粹学报》时，删去了“故不能有完全之美”。又过了七八年，在选录《人间词话》时，王国维更把有“故不能有完全之美”“遗其关系、限制之处”这种提法的一条删弃。

③ 参见本书卷上第三条。但此引文据《人间词话》原稿所撰，与通行本文字有不同之处，特此说明。

情诗也可以表现诗人“心如明境，无动于衷”的心境，这时“能够唤起一种幻觉，仿佛只有物而没有我存在……物与我就完全融为一体”的看法，把“无我之境”的特点概括为“不知何者为我、何者为物”。（通行本为“以物观物，故不知何者为我、何者为物”。）这就是说：诗人以冷静理智的态度观察外物，外物以其本来的生机勃勃的面目呈现于诗人眼底，诗人为外物所吸引以致达到忘我境地，似乎物与我融为一体就产生了无我之境。简言之，表现诗人以冷静的理智观察自然人生的是无我之境，它是优美的。当然，真正“无我”是不可能的，只是诗人的情感平静淡泊，没有强烈的冲动而已。王国维还曾用“意余于境”和“境多于意”来概括这两种境界，并且认为“二者常互相错综，能有所偏重，而不能有所偏废”①。这种说法比“有我”“无我”更加准确。可以看出，王国维把艺术创作中的强烈的情感和冷静的理智既加以区别又联系起来，在一定程度上认识到艺术创作是情感和理智的统一。

王国维在这里吸收了不少叔本华的看法来构成自己的理论，因而不能不带有唯心主义的痕迹。但我们又不能把叔本华的观点和王国维的理论完全等同起来。“有我之境”和“无我之境”是从中国古典诗词抒情方式的不同加以区分的，基本上是符合中国古典诗词实际的。王国维在提出“有我之境”和“无我之境”的理论时，只是采取了叔本华美学的某些观点作为构成自己理论的材料，不再是全盘照搬叔本华的理论。前面所谈到的境界产生论和关于“造境”和“写境”的理论也是如此。

综上所述，艺术境界是在内心和外物相契合的基础上，诗人以敏锐的艺术感觉捕捉到，并用富有表现力的文学语言描绘出来的具

---

① 见本书附录《人间词乙稿序》。

有强烈艺术感染力的自然人生（社会生活或自然景色）画面。它是主观和客观的统一，理想和现实的统一，情感和理智的统一。但是，这种统一是在唯心主义基础上的统一，因而是头足倒置的。尽管如此，仍然表现出王国维对于艺术形象的特点和艺术创作规律的相当深刻的理解。

但是，我们还应该看到，境界这一美学范畴不是从叔本华美学来的，而是中国古典美学和文学理论所特有的。王国维对于中国古典诗词的研究和评论仍然是遵循着中国古典美学的传统进行的。正因为如此，他才以自己的“境界”说在理论上超过了严羽的“兴趣”说和王士禛的“神韵”说而自矜。

“境界”一语原出于佛家典籍，后来移植到美学和文学理论中来。传为唐人王昌龄的《诗格》已提出“物境”“情境”“意境”。明代王世贞和清代的金圣叹、叶燮都运用过这一概念。到了近代，梁启超、陈廷焯、况周颐等人运用得更加广泛。中国古典诗歌源远流长，而抒情诗的创作更是取得了辉煌的成就，就是像《孔雀东南飞》《长恨歌》那样著名的叙事诗，也都具有十分浓厚的抒情色彩。在抒情诗创作中，正确处理抒情和写景的关系是十分重要的。因此，中国古典美学家和文学理论家十分注意情景关系的研究，形成了具有我国民族特色的美学思想。刘勰、梅尧臣、姜夔、范晞文、张炎、谢榛、王夫之、宋徵璧等人从不同的角度深入研究了写景和抒情的关系，他们得出的共同结论是：诗歌应该是抒情和写景的辩证统一，“景无情不发，情无景不生”①，“孤不自成，两不相背”，“景乃诗之媒，情乃诗之胚”②，“情以景幽，单情则露；景以

① 范晞文《对床夜语》。

② 谢榛《四溟诗话》。

情妍，独景则滞”①，抒情和写景既互相依存、互相制约，又互相影响、互相渗透，才能构成具有艺术感染力的完美形象，简言之，即情景交融。

王国维也曾研究过写景和抒情的关系，他说：

> 文学之事，其内足以摅己而外足以感人者，意与境二者而已。上焉者意与境浑，其次或以境胜，或以意胜。苟缺其一，不足以言文学。②

“意与境浑”和“情景交融”实质上是相同的。可见王国维和中国古典美学家在这个问题上得出了大体相同的结论。在评论中国古典诗词时，王国维判定某首作品是否有境界，就是以其是否做到了情景交融作为起码的标准。做到了的就是有境界，否则便是无境界。

王国维认为“‘红杏枝头春意闹’，著一‘闹’字，而境界全出”③，是因为这个“闹”字既逼真地刻画出杏花怒放的蓬勃生机，又满含着诗人喜迎春色的欢愉之情。之所以说“‘云破月来花弄影’，著一‘弄’字，而境界全出”④，是因为“弄”字既细致地刻画出淡云拂月、花枝摇曳的美好夜色，也隐隐透露出诗人对于春色将阑的惋惜之情。总之，两句都是情景交融的佳句，所以有境界。

但是，王国维并没有停留在这一点上，他进一步提出了关于“不隔”的理论。怎样才叫作“不隔”呢？他说：“大家之作，其

---

① 宋徵璧语，沈雄《古今词话》引。
② 见本书附录《人间词乙稿序》。
③ 见本书卷上第七条。
④ 见本书卷上第七条。

言情也必沁人心脾，其写景也必豁人耳目。其辞脱口而出，无矫揉妆束之态。”[①] 这就是“不隔”。可见，“不隔”首先要做到“其言情也必沁人心脾，其写景也必豁人耳目”，或者说“语语都在目前”[②]。王国维称赞周邦彦的“叶上初阳干宿雨，水面清圆，一一风荷举”为“真能得荷之神理者”[③]。因为周词以白描的手法描绘出雨后风荷的神态，惟妙惟肖。姜夔的《念奴娇》《惜红衣》虽然也是咏荷名作，但只有泛泛咏荷的句子，读后不能形成荷花的明晰的形象，所以王国维批评说：“犹有隔雾看花之恨。”[④] 苏轼的《水龙吟》以细腻的笔触，既描绘了杨花的形象，又抒发了思妇的悲苦情怀；史达祖的《双双燕》描绘春燕极妍尽态，形神俱似，所以王国维认为“不隔”。而姜夔的《暗香》《疏影》虽然历来被推为咏梅绝唱，但因为堆砌典故，没有具体描绘出梅花高洁的风姿，所以王国维批评说：“境界极浅，情味索然”[⑤]，“无片语道着”[⑥]。王国维反对堆砌典故和用替代字，因为这很容易使作品晦涩难懂，使艺术形象朦胧迷离。可见，所谓“不隔”，就是要求做到艺术形象的鲜明、具体、逼真、传神。这和中国古典美学中关于以形写神、形神兼备的思想有着显而易见的联系。

所谓“不隔”，还要求做到“其辞脱口而出，无矫揉妆束之态”。这是对文学语言的要求。王国维认为姜夔的“二十四桥仍在，波心荡、冷月无声”“数峰清苦，商略黄昏雨”“高树晚蝉，说西

---

① 见本书卷上第五十六条。

② 见本书卷上第四十条。

③ 见本书卷上第三十六条。

④ 见本书卷上第三十六条。

⑤ 参见本书卷上第三十八条。但此文引文据《人间词话》原稿所撰，与通行本文字有不同之处，特此说明。

⑥ 参见本书卷上第三十八条。但此文引文据《人间词话》原稿所撰，与通行本文字有不同之处，特此说明。

风消息”是“隔”。除了这些诗句缺乏形象的鲜明具体性，还因为文学语言不那么流畅自然，带有人工雕琢的痕迹。王国维说：“陶、谢之诗不隔，延年则稍隔矣。东坡之诗不隔，山谷则稍隔矣。”① 在文学史上，谢灵运的作品被称为“初发芙蓉，自然可爱”，颜延年的作品被称为“铺锦列绣，亦雕缋满眼”②。苏轼的作品如行云流水、万斛泉源，黄庭坚的作品则追求冷僻生硬，无一字无来历。可见，王国维要求文学语言做到浑然天成，不假雕饰，做到“极炼如不炼，出色而本色，人籁悉归天籁”③。他直接继承了中国古典美学关于主张自然本色反对雕章琢句的思想。但是，这绝不意味着简陋浅薄。王国维称赞“淡语皆有味，浅语皆有致”④，要求思致深远、含蓄蕴藉、一唱三叹、余味无穷，反对“无言外之味，弦外之响”⑤。

总之，所谓有境界就是要做到情景交融，要求所描绘的社会生活或自然景色画面鲜明、具体、逼真、传神，文学语言自然本色、不假雕饰。这实际上是中国古典诗词丰富创作经验的总结和概括，对于我们今天的艺术创作仍然具有一定的参考价值。

五

叔本华美学具有强烈的天才论的色彩。他把天才和庸众对立起来，而天才就是艺术家。艺术家具有进行审美静观的先天秉赋，具有先验的美的理想，能创造出大自然企图创造但未能创造出来的完

① 见本书卷上第四十条。
② 《南史·颜延之传》。
③ 刘熙载《艺概·词曲概》。
④ 见本书卷上第二十八条。
⑤ 见本书卷上第四十二条。

整的美。叔本华还认为天才就是赤子、大孩子，更认为天才即疯狂。他说："天才与疯狂有接壤的地方，甚至彼此混合。"因此，在叔本华那里当然根本谈不到诗人修养问题。王国维在这个问题上虽然也受到叔本华的某些影响，也曾说过"词人者，不失其赤子之心者也"①，"主观之诗人，不必多阅世"②，但是，从总体上看，王国维重视诗人修养问题，提出了不少可贵的看法。这显然已经远离了叔本华美学。

王国维认为伟大的诗人必须有高尚的人格，人格卑下者不可能创作出伟大的文学作品。他说：

> 三代以下之诗人，无过于屈子、渊明、子美、子瞻者。此四子者，苟无文学之天才，其人格亦自足千古。故无高尚伟大之人格，而有高尚伟大之文学者，殆未之有也。③

他认为文学之事既要有"内美"，又要有"修能"。"内美"即诗人的精神品质的美在作品中的体现，"修能"指文字技巧之类。他强调"内美"的重要性，认为应该"尤重内美"④。基于此，他肯定苏轼和辛弃疾的"雅量高致"，批评周邦彦"周旨荡"，批评姜夔"虽似蝉蜕尘埃，然终不免局促辕下"，并把南宋中期以后的史达祖、吴文英、张炎、周密、陈允平等一概斥为"乡愿"。这就是说，周邦彦等人，因为人品不高，所以作品缺乏深刻的思想意

---

① 见本书卷上第十六条。
② 见本书卷上第十七条。
③《静庵文集续编·文学小言》。
④ 见本书卷下第六十条。

义，因而不能与苏、辛同日而语。

与强调诗人应该有高尚的人格相联系，王国维要求文学具有真实性，要求诗人写“真景物、真感情”①，“感自己之感，言自己之言”②，反对“馆缀的文学”“文绣的文学”“模仿的文学”③，反对“游”，即“哀乐不衷其性，虑叹无与乎情”④。总之，王国维要求文学真实地描写自然人生，抒发作者的真情实感，反对粉饰现实、无病呻吟，认为这种文学是毫无价值的。这在中国封建阶级文学日益走向腐朽反动，瞒和骗的文学作品泛滥的时候，有着鲜明的针对性和历史进步意义。

那么，诗人应该怎样进行修养呢？王国维说：

> 诗人对自然人生，须入乎其内，又须出乎其外。入乎其内，故能写之；出乎其外，故能观之。入乎其内，故有生气；出乎其外，故有高致。⑤

这就是说，诗人要深入生活之内，才能获得丰富的创作材料，作品才有生气；诗人又要从一定的高度观察生活，纵观生活的整体，作品才能有深刻的内容，才能有独到之处。王国维在一定程度上领悟到艺术与生活的辩证关系。而要做到有“高致”，王国维还特别强调必须坚韧不拔，百折不挠，要长期地、艰苦地探求生活的真理。他用形象化的比喻描绘了进行艺术创造或学术研究的历程：

---

① 见本书卷上第六条。

② 《静庵文集续编·文学小言》。

③ 《静庵文集续编·文学小言》。

④ 金应珪《词选后序》。

⑤ 参见本书卷上第六十条。但此引文据《人间词话》原稿所撰，与通行本文字有不同之处，特此说明。

> 古今之成大事业、大学问者，必经过三种之境界：“昨夜西风凋碧树。独上高楼，望尽天涯路。”此第一境也。“衣带渐宽终不悔，为伊消得人憔悴。”此第二境也。“众里寻他千百度。回头蓦见，那人正在，灯火阑珊处。”此第三境也。[①]

一个诗人或学问家，首先要高瞻远瞩，认清前人所走过的道路，也就是说，总结和理清前人的经验是艺术创作或学术研究的起点。第二步，要覃思苦虑，孜孜以求，犹如热恋中的情人热切地、不惜一切地追求着所思。只有这样，才能一朝顿悟，发前人未发之秘，辟前人未辟之境，在艺术上或学术上作出独创性的贡献，犹如在灯如海、人如潮的灯节之夜，千追百寻终于找到了朝思暮想的心上人一样。王国维的三“境界”说蕴含着深邃的哲理。

中国古代美学家一贯注重诗人的修养。孔子曾说：“有德者必有言，有言者不必有德。”[②] 刘勰也谈到过要“积学以储宝，酌理以富才，研阅以穷照，驯致以怿辞”[③]。叶燮十分强调胸襟和见识对于文学创作的重要性，认为“有是胸襟以为基，而后可以为诗文”[④]。而王国维的诗人修养论则是相当深刻的、独到的，颇有发人深省之处。

六

王国维对中国古典诗词和戏剧发展史进行了细致的研究，提出

---

① 见本书卷上第二十六条。

② 《论语·宪问》。

③ 《文心雕龙·神思》。

④ 《原诗》。

了进化论的文学发展观。首先，他认为每种艺术形式或体裁都有自己发生、发展、成熟、衰亡的历史。他研究了词的发展史，认为“词源于唐而大成于北宋”①，北宋是词史上成就最高的时期，而苏轼、辛弃疾是最杰出的词人，从南宋开始，词的创作逐渐走下坡路，到明清时期更是走上了绝路。他细致地考证和研究了中国戏曲史，理清了中国戏曲从上古巫觋以歌舞事神而萌芽一直到元杂剧绽放出灿烂异彩的历史发展过程，用近代科学方法写下了我国第一部戏曲史专著——《宋元戏曲考》。

那么，为什么一种体裁总是“始盛终衰”为另一种体裁所代替呢？王国维认为：

> 盖文体通行既久，染指遂多，自成陈套。豪杰之士，亦难于中自出新意，故遁而作他体，以发表其思想感情。一切文体所以始盛终衰者，皆由于此。②

因袭模仿必然使创作走上绝路，导致某种文学形式的衰亡，同时新的文学形式又产生和发展起来。所以，就一种文学形式而言，在它达到成熟之后往往就要走下坡路，因而可以说是后不如前。但从整个文学发展史看，总是不断地出现新形式，取得新成果，因而总是不断发展、不断前进的。今人必然超过古人，不能说今不如古。王国维说：“故谓文学今不如古，余不敢信。”③ 而某些文学形式之所以能取得辉煌的成就，是因为它既勇于继承，又敢于创新。

---

① 见本书卷下第五十五条。

② 参见本书卷上第五十四条。但此引文据《人间词话》原稿所撰，与通行本文字有不同之处，特此说明。

③ 参见本书卷上第五十四条。但此引文据《人间词话》原稿所撰，与通行本文字有不同之处，特此说明。

所以说“最工之文学，非徒善创，亦且善因”[1]。

王国维还认为，每个时代都有代表了这个时代最高成就的艺术形式。他说：

> 凡一代有一代之文学：楚之骚、汉之赋、六代之骈语、唐之诗、宋之词、元之曲，皆所谓一代之文学，而后世莫能继焉者也。[2]
>
> 明昌一编，尽金源之文献；吴兴百种，抗皇元之风雅，百年之风会成焉，三朝之人文系焉。[3]

这种“一代之文学”，光照千古，后世不可企及。王国维把为封建统治者所“鄙弃不复道”的元曲，提高到和楚骚、汉赋、唐诗、宋词并驾齐驱的地位，给予高度的评价，这完全符合中国文学史的实际，但在当时是石破天惊之论。

在王国维看来，元曲的价值首先在于“能写当时政治及社会之情状，足以供史家论世之资者不少”[4]。而除了这种“考古者征其事，论世者观其心”[5] 的历史文献价值，还可供“游艺者玩其辞，知音者辨其律”[6]。此外，“曲中多用俗语，故宋、金、元三朝遗语，所存甚多”[7]，可为语言学研究提供资料。这就充分地估计了元曲在史学、文学、音乐、语言学等方面的价值。这种分析估价，说

---

① 见本书卷下第五十五条。

② 《宋元戏曲考·序》。

③ 《曲录自序》。按：“明昌一编”，指董解元《西厢记诸宫调》；“吴兴百种”，指臧懋循《元人百种曲》（《又名元曲选》）。

④ 《宋元戏曲考》。

⑤ 《曲录自序》。

⑥ 《曲录自序》。

⑦ 《宋元戏曲考》。

明王国维已经承认艺术是社会生活的反映，社会生活是艺术的源泉，具有鲜明的唯物主义倾向。

《宋元戏曲考》是王国维的最后一部戏剧艺术史著作，也是作为美学家和文学思想家的王国维的终结。他终于比较彻底地抛弃了唯心主义，走回到唯物主义的行列中来。这也是《宋元戏曲考》在学术上能取得杰出成就的最根本的原因。当然，由于时代和阶级的局限，王国维还只能达到进化论的文学发展观这个阶段，还不可能从社会经济政治状态以及阶级斗争的发展来说明文学的演进，当然也不能正确估价元曲的思想性及人民性。这是应该指出但不应苛求的。王国维毕竟在戏曲史研究中达到了他所处的时代可能取得的最高成就。从总体看，他的文学发展观超过了李贽等人，并为他同时代的美学家和文学思想家所不及。

七

王国维从 1912 年完成《宋元戏曲考》到 1927 年去世，全力进行甲骨文、殷周金文、汉晋竹简、敦煌遗书、西北地理、蒙古史料等方面的研究工作。在 15 年的时间内，他写出了一系列重要的、有影响的学术著作。他目光敏锐而又勤于思索，妙悟天开而又精湛绵密，敢于立异而又实事求是。他几乎在所研究的每一个领域内都作出了独到的贡献。

作为史学家的王国维在这一阶段没有留下一部美学和文学理论专著，但从他的大量论著中仍然不时透露出他对文学的看法，有些论著还具有浓厚的文学气息，从中我们可以看出，叔本华美学和文学思想的影响，洗涤殆尽；朴素唯物论的色彩，日益鲜明。所以，尽管这些关于文学的论述是片段的、不系统的，却是值得注意和珍视的。

王国维认为，学术文化的发展受时代条件和社会状况的制约和影响，并且随着社会的发展变化而发展变化。在论及清代学术思想时，他说："我朝三百年间学术三变：国初一变也，乾嘉一变也，道咸以降一变也。""国初之学大，乾嘉之学精，道咸以降之学新。"三个时期的学术思想之所以有不同特点，"时势使之然也"。他敏锐地预感到，"今者时势又剧变矣，学术之必变盖不待言"。他这话是1919年说的，正是中国历史进入一个崭新的时代，学术文化已经开始发生翻天覆地变化的时候。但是，由于政治思想的保守，他不能随着时代的步伐前进，错综复杂的社会关系犹如蜘蛛网一样紧紧束缚着他。因此，对于社会的发展变化，他只能采取一种无可奈何的冷眼旁观、若即若离的态度，所谓"缅想在昔，达观时变，有先知之哲，有不可解之情，知天而不任天，遗世而不忘世"，实在是夫子自道。①

既然社会的发展变化制约和决定着学术文化的发展变化，那么，要求得对于文学作品的正确理解，就应该采取在"知人论世"的基础上"以意逆志"的方法。王国维说：

> 善哉，孟子之言诗也，曰："说诗者，不以文害辞，不以辞害志；以意逆志，是为得之。"顾意逆在我，志在古人，果何修而能使我之所意，不失古人之志乎？此其术，孟子亦言之，曰："诵其诗，读其书，不知其人，可乎？是以论其世也。"是故由其世以知其人，由其人以逆其志，则古诗虽有不能解者，寡矣。②

---

① 本段引文均见《观堂集林·沈乙庵先生七十寿序》。

② 《观堂集林·〈玉溪生年谱会笺〉序》。

“以意逆志”和“知人论世”这两个互相独立的论题是孟子提出来的。孟子认为：如果仅仅抓住个别辞句或者仅仅停留在辞句的字面意义上，就会妨害对作品思想意义的正确理解。只有着眼于作品的整体和全局去探求作品的意旨和作者的用心，才能正确地理解作品。孟子还认为：要正确地理解作品，不了解作者的生平和思想是不行的，这就要求进一步了解作者所处的社会环境和时代特点。这些看法对于文学欣赏和文学研究具有指导作用。但是，后世的儒者却对孟子所提出的论题作了主观主义的理解和阐释。赵岐《孟子注疏》说，“以意逆志”就是“以己之意逆诗人之志”。朱熹《孟子集注》说，“当以己意迎取作者之志，乃可得之”。这样，在研究、解释文学作品时，往往失之主观武断、牵强附会。王国维把“知人论世”和“以意逆志”有机地结合起来。他认为，要保证“以意逆志”不陷于主观武断，就必须以“知人论世”为前提。这样，就能“由其世以知其人，由其人以逆其志”，即结合作者所处的社会环境和时代状况，正确理解作者的生平经历和思想品格，进而把握作品的思想意义和作者的用心所在。这种看法，表现出鲜明的朴素唯物论的倾向。这和王国维在史学研究中所运用的方法是完全一致的。王国维说：“自科学上观之，则事物必尽其真，而道理必求其是。”① “吾侪当以事实决事实，而不当以后世之理论决事实。”② “由其世以知其人，由其人以逆其志”，正是在研究、解释文学作品时求“真”、求“是”。这就是从事实出发，而不是剪裁事实使之符合某种假设或理论框框。

关于文学的特征及其社会作用，王国维这时也有了进一步的认识。他认为：科学、史学和文学之间并没有绝对的界限，三者是互

① 《观堂别集·〈国学丛刊〉序》。

② 《观堂集林·再与林博士论〈洛诰〉书》。

相联系、密不可分的。他说：

> 凡记述事物而求其原因、定其理法者，谓之科学。求事物变迁之迹而明其因果者，谓之史学。至出入二者间而兼有玩物适情之效者，谓之文学。……故三者非斠然有疆界。……凡事物必尽其真而道理必求其是，此科学之所有事也。而欲求知识之真与道理之是者，不可不知事物道理之所以存在之由与其变迁之故，此史学之所有事也。若夫知识、道理之不能表以议论而但可表以情感者，与夫不能求诸实地而但可求诸想象者，此则文学之所有事。[①]

在王国维看来，科学、史学和文学都要探求“知识之真与道理之是”，因此本质上是相通的，但是，三者所运用的方式和手段又是不同的。科学运用抽象思维和议论的方式。史学则把研究自然或社会发展变化的过程及其因果关系作为探求“真”和“是”的手段。文学虽然要探求“真”与“是”，但它不运用抽象思维和议论，而是以深厚真挚的感情打动人，虽然也要反映社会的发展过程及其因果关系，但它不要求历史事实的真实记录，而是通过丰富的想象创造艺术境界，所以，文学能给人以审美愉悦（“玩物”），满足人的精神需要（“适情”）。王国维通过文学与科学、史学的对比，用“情感”“想象”“玩物”“适情”来说明文学的特征，这是比较准确的。别林斯基也曾通过文学与科学的对比来说明文学的特征[②]，王国维的看法与他颇有相似之处。

关于文学的社会作用，王国维认为文学和科学、史学一样，

---

① 《观堂别集·〈国学丛刊〉序》。

② 参见别林斯基《一八四七年俄国文学一瞥》。

“极其会归，皆有裨于人类之生存福祉”。但是，这种有益于社会、造福人类的作用，不应该简单地、机械地、狭隘地理解。不能要求科学上的某种学说、史学上的某种见解和某一部文学作品能立竿见影地有益于社会或作用于社会生产中去。这种作用是“无用之用”，不是“有用之用”。但是，从整个历史发展的进程看，王国维认为科学、史学和文学起着巨大的推动作用，“凡生民之先觉、政治教育之指导、利用厚生之渊源，胥由此生，非彼一国之名誉与光辉而已”。这种见解在当时是相当精辟的。[①]

王国维的这些看法，显然已经完全摆脱了叔本华美学，而且走到了它的反面。正因为如此，他在 1916 年或 1917 年摘录《人间词话》的要点重新发表时，把带有叔本华美学痕迹的各条删除殆尽。这明显地勾画出王国维美学和文学思想发展的踪迹。从唯心主义到朴素唯物主义，这是王国维美学和文学思想的发展和进步。但是，就思想的丰富性和深刻性而言，这一阶段远远比不上上一阶段。这是因为他的主要精力已经不花费在美学和文学理论研究方面了。

王国维经历了一个从信仰叔本华的主观唯心主义美学到逐步突破叔本华的束缚而形成独立的美学和文学思想，从唯心主义到不自觉地倾向唯物主义的发展过程。《〈红楼梦〉评论》、《人间词话》和《宋元戏曲考》是王国维美学和文学思想发展道路上的三块里程碑。他和叔本华主观唯心主义的距离越来越远，和中国古典美学的优良传统就越来越近。他终于不再是叔本华美学思想的传声筒，成了一位富有独创性的美学家和文学思想家。他所介绍和宣传的叔本华美学从总体上看当然不可能有什么积极意义，而王国维自己的美学和文学思想则有一定的

① 本段引文均见《观堂集林·〈国学丛刊〉序》。

积极意义，到今天我们仍然应该批判地继承和借鉴。

王国维是中国近代最后一位重要的美学和文学思想家。他第一个企图把中国古典美学和文学理论与西方美学和文学理论融合起来，构成新的美学和文学理论体系。从某种意义上说，他既集中国古典美学和文学理论之大成，又开中国现代美学和文学理论之先声。在中国美学和文学思想史上，他是从古代过渡到现代的桥梁，起着承上启下、继往开来的作用。政治思想的保守使他在美学和文学思想上缺乏革命和进取精神，误信叔本华又使其增添了相当多唯心主义的杂质，而直觉的、鉴赏的论述方式更难免使人有不易把握、模糊影响之感。但是，这一切都不能掩盖其美学和文学理论的成就。对于这一笔珍贵的理论遗产，我们不应该采取肯定一切或否定一切的态度。把王国维的美学和文学思想简单地看成叔本华美学的翻版是不正确的，笼统地肯定王国维的美学和文学思想，无视叔本华美学对于王国维的深刻影响，说他是唯物主义的、现实主义的，甚至说他把现实主义和浪漫主义结合起来也是不妥当的。只有细致地分析和研究他的美学和文学思想的发展过程，区分精华和糟粕，才能作出实事求是、恰如其分的估价。

滕咸惠

1964 年初稿于北京，

1979 年修改于济南，

1983 年第二次修改于济南，并补写第七部分。

2024 年 4 月改定

1986 年版后记

本书初版出版于 1981 年，现修订再版。这里，想把几个有关问题简单交代一下。

《人间词话》原稿藏于北京图书馆，一册，三十二页，是一个旧笔记本。封面书大字“奇文”“国华”“光绪壬寅岁”。小字为“人间词话”“王静安”。国华乃王国维弟，号哲安。看来，这个笔记本原来是王国华抄录资料的，后来为乃兄所用。第一页书七绝六首，有“王国维字静安”朱红印章，当是王氏作品。从第二页开始为《人间词话》原稿，共二十页，每页二十行。原稿后空白三页，随后是“静安藏书目”九页，有“王静安”蓝色印章。1963 年，在赵万里先生帮助下，我得以借读原稿，并全文录出。本书上卷正文就是据此整理而成。由于当时匆匆抄录，虽曾复核，亦难免有错漏。这次订正原稿正文时曾参考陈杏珍、刘烜同志的《〈人间词话〉（重订）》（见《河南师大学报（社会科学版）》1982 年第 5 期），特此申明，并致谢意！

我所见到的《人间词话》注本有：徐调孚校注本（《校注人间词话》，中华书局 1955 年版），徐调孚注、王幼安校订本（《蕙风词话·人间词话》，人民文学出版社 1960 年版，以下简称“通行本”），许文雨注本（收入《文论讲疏》，正中书局 1947 年版）以及靳德峻笺证、蒲菁补笺本《人间词话》（四川人民出版社 1981 年版）。这四种注本，尤其是前三种给我很大的帮助。这一部《新注》，是在吸收前人已有成果的基础上，加以补充修订而成。特在此郑重申明。

我编写这部《新注》，主要是想把《人间词话》原稿如实介绍给研究工作者和广大读者。王氏从 125 条原稿中，仅仅选取 63 条，并重新编排，润色文字，交由《国粹学报》发表。他力图组成一个比较完整的理论体系。《国粹学报》本对研究王氏美学和文学思想的重要性是不言自明的。但原稿的内容远比《国粹学报》本丰富，王氏的思路也比较容易看清。因此，它对研究王氏的美学和文学思想同样有重要价值。

至于原稿与通行本文字表达孰优孰劣，是一个复杂的问题，很难一概而论。首先，如果我们把通行本与原稿有关各条相对校，就可以发现，绝大多数条文字完全一致，或虽有差别但无关宏旨。再者，通行本有少数几条文字经过加工润色，比原稿表达更准确。但原稿的表述方式和已删去的若干文句，仍然有助于准确理解王氏的思想。如，原稿第三十三条，有王氏已删去的“此即主观诗与客观诗之所由分也”。据此，我们可以理解到，王氏所说的“有我之境”即“主观诗”，“无我之境”即“客观诗”。又如，原稿第三十七条，在“自然中之物，互相关系，互相限制”下，比通行本第五条多出“故不能有完全之美”。这就很容易看出叔本华美学思想的痕迹。如果没有这几个字，就不那么明显了。再如，原稿第七十七条“语语都在目前，便是不隔”，最初作“语语可以直观”。“直观”是西方美学常用的概念。这对我们正确理解王氏理论的渊源也有启发。第三，个别地方，原稿不错，通行本反倒错了。如原稿第一百条，“梦窗、玉田、草窗、西麓”，通行本第四十六条“西麓”

作“中麓”。“西麓”为南宋词人陈允平字，“中麓”为明人李开先字。王氏这条是论南宋词人，当然不会忽然提到明代人，通行本显然错了。（王幼安校订时已指出这点，但他用原稿另一条证明这里的“中麓”应为“西麓”，没有注意到原稿此条本来就作“西麓”。）又如，原稿第五十二条引冯延巳词后说“少游一生似专学此种”，通行本第二十二条作“永叔一生似专学此种”。这条是论秦观继承了那种词风，不应忽然又提到欧阳修。通行本很可能也是错了。这些错字，或是王氏从原稿整理转录时的笔误，或是《国粹学报》误植。第四，还有个别地方，修改后的文字不如原稿。如，原稿第一一七条“诗人对自然人生，须入乎其内，又须出乎其外”。通行本第六十条“自然人生”作“宇宙人生”。应该说，前者较后者更确切。至于《国粹学报》所发表各条以外的原稿各条，赵万里、王幼安先生录出时进行过删节，个别地方文字上有改动，也有些笔误或辨识不确之处。如原稿第八十五条“乃值如许费力”。通行本“删稿”第三十条，“费力”误作“笔力”。又如，原稿第一一九条，“文学之事，于此二者不可缺一”，通行本“删稿”第四十八条，“文学”误作“文字”。类似这样的地方，本书均按原稿录出，概不改动。本书为保存原稿面目，即使校注者认为通行本文字优于原稿者，也不据以改动原稿，但在校记中注明通行本文字。

编写这部《新注》，也是想为研究《人间词话》提供较为丰富的材料。过去的各种注本在辑录王氏论及的诗词原文方面，用力甚勤，尤其是通行本收罗比较完备。但在探索王氏理论的渊源及其影响方面则注意不够。本书注文大量引用与王氏论点有关的中外美学和文学理论著作，就是为了弥补这一缺陷和不足。注文的任务仅仅是提供材料以及疏通文字，所以一般没有校注者个人的看法和论断。因为很多复杂问题很难在注文中说清楚。比如，王氏思想与叔本华美学的联系与区别就是如此。研究者从有关材料中可以自己做出判断，不妨见仁见智。校注者个人的意见都写在书前的论文中。当然那只是一得之见，仅供读者参考而已。

本书附录的第二部分《人间词话选》，节录自王氏的《二牖轩随录》（原发表于《盛京时报》）。我没有见到原件。这里是根据陈杏珍、刘烜同志的《〈人间词话〉（重订）》转录的。关于这份材料，刘烜同志在《王国维〈人间词话〉的手稿》一文中，曾有如下说明：“王国维的手稿中，有一份自选的《人间词话》，共二十一则（应为二十三则——引者注）。这是一份剪报，用四号宋体铅字排行。在这几则《人间词话》的开头，王国维写了如下的话：‘余于七八年前，偶书词话数十则。今检旧稿，颇有可采者，摘录如下。’据此看来，很可能是王国维从日本回国以后选辑的。这份剪报共二十三页，题名《二牖轩随录》，其中选录的《人间词话》占三页。这是长篇的读书札记，大部分谈汉字、历史、古代文学。”（见《读书》1980 年第 7 期）如果我们把这里选录的各条与《国粹学报》所发表的《人间词话》以及《人间词话》原稿相对比，就可以看出，王氏是根据原稿摘录的，各条文字与原稿大体一致。其中第二条为原稿第四十五条，第二十二条为原稿第七十条，第二十三条为原稿第六十九条和七十一条所合成。这四条，《国粹学报》本都没有，其中的三条（第四十五、七十、七十一条）赵万里先生 1927 年收入《人间词话未刊稿及其他》中，另一条（第六十九条）直到 1960 年王幼安先生才从原稿录出收入《人间词话》删稿。王氏《二牖轩随录》大约发表于 1915 年或 1916 年，那么这四条其实是不应叫作“未刊稿”或“删稿”的。《盛京时报》是出版于东北的报纸，关内流传不广，所以王氏的《二牖轩随录》很少有人见到。王氏在全力研究史学、考据的时候，仍然认为自己的《人间词话》“颇有可采者”，并录出其中要点重新发表，这也是耐人寻味的。

最后，简单谈谈《人间词》甲、乙两稿序。这两篇序，赵万里先生在王氏年谱中明确指出乃王氏自撰。徐调孚先生的《校注人间词话》和通行本都把这两篇序作为王氏作品收入。不少研究者在自己的论著中也把这两篇序作为王氏作品引用。可以说，它是王氏作品已经为学术界所公认。但是，近来有同志提出不同意见，认为这两篇序的作者是樊炳清而不是王国维。（刘雨《〈人间词序〉作者考》，见《文学评论》1982 年第 2 期）这种意见本人不敢苟同。首先提出两序是王氏作品的赵万里先生已经去世，他的王氏年谱确实没有详谈这个说法的根据。但赵先生是一位治学严谨的学者，他绝不会毫无根据地硬把别人的作品说成是王氏作品。赵先生与王氏关系密切，又是王氏遗著的整理、编辑人，言必有据。以常理推论，当为王氏告知。笔者在京时，也曾向他面询此事。他明确回答："是静安先生所撰。"语气肯定，未作任何解释。王氏确有一友人，名樊炳清（字少泉、抗夫，见本书上卷第二十六条），而《人间词》甲、乙两稿序署樊志厚。樊炳清和樊志厚或是一人。所以，两序虽署名樊氏，但实出于王氏之手。假托友人名字为自己的集子作序，王氏还有一次。集中了王氏后期学术论著精华的《观堂集林》的序言也是王氏自撰而署名罗振玉（王氏致友人蒋汝藻函中已明言之）。再者，两序持论与文风和《人间词话》大体一致也可以作为王氏自撰的内证。总之，赵万里先生的说法应该说是权威的，现在似乎还不应轻易推翻。因此，本书仍把这两篇序作为王氏著作收入。

本书从初版到修订版的审订、修改、定稿，齐鲁书社编辑同志付出了辛勤的劳动，花费了大量的心血。在此谨致衷心的谢意！吴文治先生、谭佛雏先生和刘烜先生热情帮助本书出版，陈梗桥先生为本书题写书名，在此一并致谢！

滕咸惠

1982 年 11 月 7 日

新版后记

说到对《人间词话》的整理，有必要先给读者朋友介绍一下我40余年来整理过的两种不同的版本。第一个是校注版（《人间词话新注》），主要有齐鲁书社版、浙江文艺出版社版、北京出版社版等；第二个是译评版（《人间词话译评》），主要有吉林文史出版社版、中国文联出版社版、南方出版社版、商务印书馆版等。这两种不同整理方式的《人间词话》所针对的读者人群不同，各有特色，可以说均有较大的市场影响力。

2022年7月6日，齐鲁书社编辑孔帅先生给我打来电话，和我说想出《人间词话》的一个新版本。这个版本和以上诸版本均有较大区别……我听了孔编辑的设想后，欣然同意，但也向孔编辑说明了一个现实情况，即我已八十多岁，且体弱多病，没有精力进行大的修订。所以，新版本的组稿及校对等诸多事宜主要是孔帅先生做的。

概括起来，新版本主要有以下三大特色：

第一，校注译评齐全。本书正文部分以译评版为文本基础，分上、下卷，卷上为《人间词话》王国维手定稿（共六十四条），卷下为《人间词话》删稿（共六十二条），保留译文和评点，补充翻译了部分条目，并参考校注版的校、注，补充增加了对所涉诗词家简明扼要的注释，可谓内容比较全面的校注译评本。

第二，附录内容丰富。本书附《人间词甲稿序》《人间词乙稿序》《清真先生遗事（节录）》《〈唐五代二十一家词辑〉跋》《〈词辨〉批语》《论词语辑录》《人间词话选》及我所撰写的《略论王国维的美学和文学思想》一文，能够使读者加深对王国维创作《人间词话》过程的了解，以及对王国维美学和文学思想的理解。

第三，装帧设计新颖。本书正文部分的排版，原文、译文分居左、右两栏，下接注释，再下为评点，方便读者阅读和理解；且部分内容设计为双色，既高端大气，又赏心悦目。

想当年，《人间词话新注》初版出版的时候，齐鲁书社刚成立两年多。转眼四十余年过去了，齐鲁书社迎来了她45岁的生日。在这个值得庆贺的时刻，齐鲁书社推出全新版的《人间词话》，希望此书对读者学习和研究中国古代诗词，提高文学修养，传承中国古代优秀诗词文化有所裨益。

孔帅先生为此书的出版花费了大量的时间和精力，谨表示衷心的感谢！

滕咸惠

2024年6月26日